SPUKENDE VOGELFALTER

Annie Tonkauz

Herstellung und Verlag:
BoD – Books on Demand, Norderstedt
2. Auflage 2024

Korrektorat und Lektorat: Brigitte Nickel
Coverdesign und Titelblatt: Canva-Design
Foto: Sarah Erzfinke

© Annie Tonkauz
https//instagram.com/annietonkauz/

ISBN: 9-783758-321030

Kapitel 1

VERGESSEN, VERGRABEN, GEFUNDEN

„Es ist schön, dich Lachen zu sehen. Es ist immer schön jemanden Lachen zu sehen."

Dieser Gedanke drängt sich mir immer wieder auf. Immer wieder lugt er aus den Tiefen meiner anderen Gedanken hervor, während ich nach Hause gehe. Er bringt ein schönes Gefühl mit sich. Und er zaubert ein Lächeln auf mein Gesicht.

Trotz dieser angenehmen Gedankenunterhaltung zieht sich mein Nachhauseweg heute ins Unendliche. Mein Weg von der Schule nach Hause ist so abgelaufen wie meine Turnschuhe. Die würde ich eigentlich schon lange gerne gegen ein Paar neue Boots eintauschen. Aber die, so hat es meine Mutter gesagt, solle es erst zu meinem Geburtstag geben. Der wiederum ist erst im Winter und wir befinden uns gerade im Niemandsland zwischen Frühjahr und Sommer. Deshalb heißt es für mich weiterhin: alte

Wege in alten Schuhen.

Während ich an der Ampel stehe und auf das grüne Ampelmännchen warte, schaue ich mich um. Die Autos rauschen an mir vorbei. Ebenso wie die Frage in meinem Kopf, weshalb es bei der Wahl der Lackierung nicht mehr Mut zur Farbe gibt. Die meisten Autos sind schwarz, grau, blau und manchmal rot. Bis auf die Autos bewegt sich nicht viel. Zu entdecken gibt es für mich hier nichts mehr. Schließlich bin ich den Weg bereits hunderte Male gegangen. Die Langeweile lauert hinter jeder Ecke und ist bereit, sich träge auf mich zu stürzen.

Das ist in der Schule vorhin zwar ähnlich gewesen, aber dort gab es Mittel und vor allem auch Personen, um sie zu bekämpfen. In der letzten Stunde ist die Langeweile nicht nur auf der Lauer gelegen, sondern sie hat mich komplett überrumpelt. Bis plötzlich etwas in meine Rippen gerammt wurde. Erschrocken stellte ich mit einem Blick zur Tafel fest, dass ich kurz eingenickt bin, während unser Lehrer Herr Brock von der Chemie in die Alchemie abdriftete. Damit ich das nicht verpasse, hat mich Mia mit einem liebevoll heftigen Stoß in die Seite wieder zu den wachen Lebenden zurückgeholt.

„Morgääähn", flüsterte sie mir zu.

Ich kenne Mia seit der fünften Klasse. Sie hat mich an unserem ersten Schultag an der Gesamtschule quasi adoptiert. Wir standen damals auf dem Flur vor unserem zukünftigen Klassenzimmer. Mia mehr im Mittelpunkt und ich etwas weiter abseits. Ich kann mich vor allem noch an den gräulichen Abdruck eines Fußballs an der Decke des Schulflurs erinnern. Und an die in meinem Kopf hallende Stimme von unserer Klassenlehrerin Frau Lott, die meinen starrenden Blick an die Decke und die Gedanken an die Entstehungsgeschichte des Fußballabdrucks unterbrachen. Sie schien meinen Namen nicht zum ersten Mal aufzurufen. Ich blickte zwar so schnell wie möglich von der Decke zu ihr, aber ihr amüsiertes Grinsen verriet mir, dass sie bereits längere Zeit versucht hatte, meine Aufmerksamkeit zu bekommen. „Das bin ich", sagte ich, obwohl dies vermutlich bereits alle wussten.

Als Frau Lott den nächsten Namen ausrief, war es für mich endlich Zeit auszuatmen. Dabei traf mein Blick auf Mias strahlendes Gesicht. Bevor ich ihrem Blick ausweichen konnte, kam sie schon auf mich zu. Während ich noch über ihre unfassbar lässig schwingenden Jeans nachdachte, streckte sie mir bereits energiegeladen ihre Hand entgegen.

„Ich bin Mia. Und du bist wohl die dreifach genannte Emma. Ich kann dir Schutz und Spaß bieten", sagte sie, als sei ich ihre neue Zellengenossin im Gefängnis, während sie sich über ihre eigenen Worte kaputtlachte.

So haben Mia und ich uns kennengelernt.

Auf dem Weg von der Schule nach Hause hingegen, gibt

es keine Mia. Und deshalb stehe ich, während ich an der Ampel warte, mit meinen Gedanken allein da. Eigentlich höre ich beim Laufen immer ein Hörbuch. Aber das geht schlecht, wenn der Akku vom Handy schlapp gemacht hat. Gestern Abend wollte ich es wie immer über Nacht laden. Wie immer habe ich nach dem Ladegerät neben meiner Nachttischlampe gegriffen. Aber da war es nicht! Ich suchte weiter unter meinem Kissen und unter dem Bett sowie in meinem Nachttisch, dann auf meiner Kommode und schließlich im ganzen Haus. Aber alle Ladegeräte im Haus schienen verschwunden zu sein. Und so ging ich mit miesen 33 Prozent Energie schlafen.

Nun lehne ich gegen den Ampelmast mit mittlerweile nur noch miesen 0 Prozent Akku. Mein Blick fällt nach links. Eine Reihe von Laternen läuft die lange Straße zum Industriegebiet hinunter. Die Laternen beugen ihre Hälse über den Bürgersteig, als würden sie die Passanten durchleuchten wollen.

Am Ende der Straße, etwas links vom Industriegebiet, ragt der Katzenberg empor. An dieser Stelle ist er wie eine Gesteinswand, die aus dem Nichts auftaucht. Es kommt immer mal wieder vor, dass der Weg am Rand der Steinwand gesperrt wird, wenn es über Nacht tonnenschwere Gesteinsbrocken geregnet hat.

Der steile Abhang verwandelt sich weiter oben in ein

Dickicht aus Laub- und Nadelbäumen. Am oberen Ende des Katzenbergs kann man die Ruine eines Hauses erkennen. Allerdings auch nur dann, wenn man den Berg schon einmal im Winter betrachtet hat und weiß, wo sich die Ruine befindet. Im Winter sieht man nämlich durch die kahlen Baumwipfel die Umrisse der Ruine. Jetzt, im Niemandsland zwischen Frühjahr und Sommer, umgibt die Ruine ein dicker Mantel aus grünem Geäst, der es schwierig macht, das alte Haus zu erkennen. Heute kann ich nur die Spitze des roten Ziegeldachs sehen.

Diese Ruine, wie das nun einmal mit Ruinen so ist, bekam auch im Laufe der Zeit einen gespenstischen Ruf. Und weil sie da oben auf dem Berg besonders schwer zugänglich ist, ist ihr Ruf sogar besonders gruselig. Und weil sie da oben für alle in der Stadt besonders gut sichtbar ist, ist ihr Ruf besonders verbreitet.

Einige Leute meinen sogar, sie würden nachts von der Stadt aus leuchtende Geister sehen, die durch das Gemäuer ziehen. Eine Gruppe von Realisten hingegen spricht eher von Taschenlampen, die Wohnungslose mit sich führten, die in der Ruine einen Schlafplatz suchten. Und dann gibt es da natürlich noch eine Gruppe von wohnungslosen Menschen, die die Ruine kein zweites Mal betreten wollen, weil sie meinen, dass es dort oben spukt. So richtig kann ich mich noch nicht entschließen, welcher Gruppe ich angehören möchte.

Zurück zu meinem Schulweg. Der hat wirklich viele Attraktionen zu bieten. Dem Ausblick auf den Katzenberg folgt der Ausblick auf die lange Backsteinmauer einer verlassenen Marmeladenfabrik. Mein Onkel erzählt immer, dass man dort früher im Morgengrauen einen wunderschönen Spaziergang machen konnte. Wer morgens dort entlang ging, konnte den Dampf von Erdbeeraroma inhalieren, der aus der Kanalisation nach oben stieg. Wer lieber Orangen mochte, musste am Dienstag kommen und am Donnerstag gab es Kirscharoma. Mittlerweile ist die Fabrik jedoch stillgelegt. Keine fruchtigen Aromen mehr. Es wird dort gebaut.

Ein paar Meter nach der ehemaligen Fabrik treffe ich dann meistens auf unseren Nachbarn. Er trägt immer dieselbe braune Tasche in der linken Hand und immer dieselbe graue Jacke am Körper. Egal ob es Winter oder Sommer ist. Ich stelle mir dann vor, wie er zu Hause zur Tür hereinkommt, seine Tasche abstellt und sich dann auf sein grünes Plüschsofa setzt, um in die Leere zu starren. Dabei weiß ich noch nicht mal, ob er überhaupt allein wohnt. Heute jedoch ist von ihm keine Spur zu sehen.

Mein Blick senkt sich zu den Pflastersteinen unter mir. Während ich versuche, den schwarzen und den gespaltenen Steinen auszuweichen, krame ich in der Tasche nach meinem Haustürschlüssel. Aber ich finde ihn nicht. Schon wieder etwas, das nicht auffindbar ist. Was ist in letzter Zeit bloß los? Bin ich so vergesslich geworden, dass ich nicht mehr weiß, wo ich meine Sachen hingelegt habe?

Schließlich komme ich vor unserem Haus an. Von meinem Schlüssel ist in meiner Tasche noch immer nichts zu sehen. Wie soll ich ohne Schlüssel ins Haus kommen? Ist irgendjemand zu Hause? Meine Mutter ist auf der Arbeit, das weiß ich. Ich hoffe, dass Onkel Georg mir die Tür aufmachen kann. Er wohnt seit einiger Zeit bei uns und ist vermutlich da. Heute hat ihn, wie schon so oft, nichts dazu bewegen können, den Tag in der Tagespflege zu verbringen.

Rein theoretisch muss also jemand zu Hause sein, der mir die Tür öffnen könnte. Die Frage ist nur, ob sich Onkel Georg im richtigen Moment daran erinnern kann, wo die Tür ist. Oder ob er das Geräusch der Klingel überhaupt als ein Zeichen, dass jemand vor der Tür steht, verstehen würde.

Onkel Georg ist, um genau zu sein, mein Großonkel und vor fast einem Jahr bei uns eingezogen. Man kam mehr oder weniger gemeinsam mit ihm zu dem Schluss, dass er nicht mehr allein leben konnte. Vor allem, nachdem er sich einmal in seiner Wohnung verbarrikadiert und die Feuerwehr daraufhin Probleme hatte die Bratpfanne zu löschen, die er auf dem Herd vergessen hat. Onkel Georg musste daraufhin wegen einer Brandvergiftung im Krankenhaus behandelt werden. Als meine Mutter und ich ihn besuchten und auf sein Krankenbett zuliefen, sagte er nur: „Ihr habt wirklich was verpasst!"

Auf diese Ereignisse hin, ist Onkel Georg dann bei uns eingezogen. Den Umzug hat er damals erstaunlich gut verkraftet. Am Morgen nach seinem Einzug sagte er sogar „Ich fühl mich schon wie zu Hause". Dann gibt es aber wieder Momente, in denen er sich weder an diesen Umzug noch an sonst etwas in seinem Leben erinnern kann. Manchmal schaut er mich verwundert an, um dann zu fragen, wie ich denn ins Haus gekommen bin.

Onkel Georg hat bereits früher einmal in unserem Haus gelebt. Das Haus war früher mal sein Haus. Nachdem seine Frau, also meine Tante, gestorben ist, hat er das Haus meiner Mutter und mir überlassen und ist in eine Wohnung gegenüber von seiner Lieblingskneipe gezogen. Er sagte dann immer, dass ihn das Haus nur davon abhalte zu vergessen und dass meine Mutter und ich es mit neuem Leben füllen sollten. Ich glaube, er wollte meine Mutter einfach glücklich sehen und seine Trauer hinter sich lassen.

Ab und zu scheint mein Onkel aber von all dem nichts mehr zu wissen. Nichts davon, dass er aus dem Haus ausgezogen und wir dort eingezogen sind. Und nichts davon, dass seine Frau gestorben ist. Er ist sich dann so sicher, niemals ausgezogen zu sein. Wir versuchen dann, so gut es geht mitzuspielen. Wir wollen ihn nicht mit der Wahrheit verletzen. In manchen Momenten lebt er vollkommen in der Vergangenheit. Er ist sich dann sicher, dass meine Mutter und ich hier falsch sind. Ein bisschen sind wir das auch, denke ich dann immer.

Einmal stand Georg in meiner Zimmertür, während ich am Schreibtisch versuchte, mir das englische Wort für Schwindel zu merken. Ich hörte ihn vorsichtig atmen und schaute zu ihm herüber.

„Was?", fragte er. „Wo ist mein...", fing er an.

Mit verunsichertem Blick suchte er den Raum ab, der früher mal sein Arbeitszimmer war. Aber sein Schreibtisch stand hier nicht mehr, sondern meiner. Ich fühlte mich schlecht und fragte ihn verschämt, ob er etwas suche. Dann drehte er sich geknickt um und verschwand, als hätte er für einen Moment begriffen, was alles geschehen ist. So als könne er sich wieder erinnern, dass er vergaß. Die Diagnose Demenz ist dann mit einem Mal im ganzen Raum so präsent, wie ein pinker Elefant.

Wieso beginnt man zu vergessen, wenn man alt ist? Wann hat das eigentlich alles angefangen? Wann hat Onkel Georg begonnen zu vergessen? Irgendwann einmal, als Onkel Georg noch allein in dem Haus lebte, waren wir bei ihm zum Geburtstag eingeladen. Zu Kaffee und Kuchen an einer großen Tafel mit dem guten Geschirr mit

Goldrand. Noch bevor wir uns setzten, fiel meiner Mutter auf, dass sich auf der Geburtstagstorte keine Kerzen befanden.

„Was, keine Kerzen auf dem Kuchen? Das geht aber so nicht! Irgendwo musst du doch Kerzen haben", oder so etwas in der Richtung sagte sie.

Onkel Georg wies daraufhin in die Richtung der Abstellkammer unter der Treppe. Meine Mutter und ihre Schwester stürzten los. Und bei der Suche nach den Kerzen fiel ihnen auf, dass jemand etwas in den schönen Dielenboden der Abstellkammer geritzt hatte. Mein Onkel behauptete damals etwas verärgert, dass ich das getan hätte. Sein Motto war scheinbar: Wenn es noch keinen Schuldigen gibt, gib einfach schnell dem Kind oder dem Hund die Schuld! Mein Onkel meinte, dass ich erst letzte Woche mit meinen Wachsmalstiften dort alles vollgemalt hätte. Währenddessen schüttelte er verwirrt den Kopf.

Zu dem Zeitpunkt war ich aber schon 12 Jahre alt und habe die Sache mit den Wachsmalstiften schon lange hinter mir gelassen. Ich habe damals nichts dazu gesagt. Warum weiß ich selbst nicht mehr. Vielleicht war ich einfach überfordert mit der Situation. Aber auch die anderen nahmen Onkel Georgs Vermutung damals einfach so hin. Es war auch nicht wirklich etwas Schlimmes passiert. Den unscheinbaren Vorfall sieht meine Mutter heute jedenfalls als das erste leise Anzeichen von Onkel Georgs beginnender Demenz.

Ich stehe nun immer noch vor unserem Haus. Während ich weitersuchend in meinen Taschen wühle, blicke ich die Ankerstraße hinab, in der wir wohnen. Mein Schlüsselbund bleibt verschwunden. Eventuell habe ich ihn in der allmorgendlichen Hektik auf dem Tisch im Flur liegen lassen. Anstelle des Schlüssels finde ich deshalb in meiner Jackentasche nur einen Zettel. Den Zettel, den Mia mir in der letzten Stunde geschrieben hat:

Es tut gut, dich Lachen zu sehen. Es ist überhaupt immer und sowieso schön, jemanden Lachen zu sehen. Ich kann mich nicht daran erinnern, während des Unterrichts gelächelt zu haben. Ich habe eher einen Kampf gegen meine Augenlider geführt, die sich mit aller Macht schließen wollten. Gelacht habe ich auf keinen Fall!

Mit einem Lächeln im Gesicht stelle ich gerade erleichtert fest, dass unsere Haustür einen Spalt weit offensteht. Ich schiebe die Tür ganz auf und schaue hinein. Mein Blick fällt durch den Flur und durch die Küche hindurch auf meinen Onkel, der sich über den Esstisch beugt und mich freundlich hinein winkt.

„Kommen Sie rein, es ist noch Platz", sagt er, als sei ich für ihn ein zukünftiger Kneipenkollege.

Ich schließe die Haustür hinter mir und schaue im Vorbeigehen auf das Tischchen im Flur. Dort liegt mein

Schlüssel auch nicht. Ich gehe weiter ins Esszimmer. Mein Onkel hat es sich am Esstisch bequem gemacht und Tüten mit Samen sowie Töpfe mit Setzlingen vor sich verteilt. Scheinbar ist er damit beschäftigt, seine Blumensamensammlung zu sortieren. Onkel Georgs Hände sind schmutzig und unter seinen Fingernägeln hat sich schwarze Erde festgekrallt. Er ist offensichtlich mit seinem aktuell wichtigsten Hobby, dem Gärtnern, beschäftigt. Der Anblick erinnert mich an etwas. Ich weiß jetzt, wo mein Schlüsselbund geblieben ist.

Mein Onkel sammelt die Samen der unterschiedlichsten Pflanzen und verstaut sie sorgfältig in einer kleinen, hölzernen Kiste im Wohnzimmerschrank. Fein säuberlich sortiert und kategorisiert lagern sie in dem unscheinbaren Kistchen. Niemals würde er auf die Idee kommen, diese Samen tatsächlich in unserem Garten anzupflanzen. Das Wichtigste für Georg ist, dass die Samen geordnet sind und an der richtigen Stelle liegen. Alle anderen Gegenstände, die Georg im Laufe eines Tages im Haus findet, werden von ihm aus unserer Sicht mit weniger Sorgfalt behandelt. Er hat seine ganz eigene Art, sich um die Fundstücke des Tages zu kümmern. Gegenstände im Garten zu vergraben, ist nämlich neben dem Blumensamensammeln Onkel Georgs zweite große Leidenschaft.

Wann immer meine Mutter oder ich etwas suchen und es nicht finden, können wir davon ausgehen, dass mein

Onkel es irgendwo im Garten vergraben hat. Das haben wir mittlerweile verstanden. Aber dass Onkel Georg im Garten die unterschiedlichsten Dinge vergrub, ist meiner Mutter und mir zuvor lange Zeit gar nicht aufgefallen. Wir haben nur viel und lange gesucht! Es dauerte also einige Zeit, bis wir verstanden haben, was Onkel Georg mit den unterschiedlichsten Dingen aus dem Haus angestellt hat.

Meiner Mutter ist zunächst positiv aufgefallen, dass sich Georg häufig im Garten aufhielt und dort mit viel Enthusiasmus die Beete neu anlegte. Es war schön zu sehen, dass er etwas hatte, mit dem er sich beschäftigen konnte und dabei noch etwas zum Gemeinwohl beitrug. Wir haben immer gedacht, Georg würde sich leidenschaftlich der Gartenarbeit widmen, wenn wir ihn draußen sahen. Und dass er ein Herz für Unkraut hat, weshalb sich Löwenzahn, Disteln und Brennnesseln frei entfalten dürfen. Onkel Georg kümmert sich um alle Pflanzen. Er stutzt, gießt und bietet Rankhilfen an, wo er nur kann. Der Ansicht, dass er sich ausschließlich liebevoll um die Pflanzen kümmert, waren wir jedoch nur bis zu dem Tag, an dem meine Mutter den Einfall hatte, unseren leicht verwilderten Garten von dem ein oder anderen Unkraut zu befreien.

Mit einer Schaufel auf der Schulter ging sie entschlossen nach draußen. Besonders die Ecke hinten links in dem rechteckigen Garten hatte es ihr angetan. Dort hatten sich nicht nur Brennnesseln, sondern auch Bambus und Efeu ausgebreitet, die bereits für reichlich Unmut beim Nachbarn sorgten. Trotz allem Verständnis für Onkel Georgs Pflanzenliebe war es Zeit, einzuschreiten, denn Ärger mit den Nachbarn wollten wir nicht.

Meine Mutter ging also in den Garten und wollte so viele Wurzeln wie möglich entfernen. Sie grub eifrig und tief. Und was sie dort unter der Erde fand, war erstaunlich. In der Nähe des Apfelbaums lag ihre Bankkarte, die Kabel meiner Kopfhörer hatten sich in hunderte von Wurzeln verfangen und ein kleiner Kerzenständer rostete unter einem Löwenzahn. Aber sein Meisterstück hatte mein Onkel vollbracht, indem er den zwei mal zwei Meter großen Wohnzimmerteppich aufgerollt entlang der Beetgrenze verbuddelt hatte. Das Erstaunlichste an der ganzen Sache war jedoch, dass meine Mutter und ich das Fehlen des Teppichs überhaupt nicht bemerkt hatten.

Nachdem meine Mutter die ersten Funde gemacht hat, rief sie mich dazu und wir suchten gemeinsam den Garten ab. Während wir damals das große Beet entlang des Zauns umgruben und der Haufen von verloren geglaubten Kleinigkeiten weiter anwuchs, stand mein Onkel nur an der Terrassentür und lächelte. Als wir später von der Gartenbank aus zufrieden und erschöpft auf unser Werk blickten, gab meine Mutter zu, dass die ganze Aktion mit dem

Umgraben zumindest ein Gutes hatte: Das Beet war jetzt unkrautfrei.

Mit diesem Hintergrundwissen ist mir also klar, wo ich nach meinem Schlüsselbund suchen muss. Ich gehe in den Garten und schon auf den ersten Blick entdecke ich die Stelle im Beet, an der die Erde frisch umgegraben ist. Ich muss nicht tief graben, schiebe nur etwas Erde beiseite und finde meinen Schlüsselbund wieder.

Kapitel 2

DAS KUNSTSPEKTAKEL

Am nächsten Morgen frage ich mich, was ich mich an beinahe jedem Morgen frage: Warum muss die Schule bloß um acht Uhr beginnen? Um acht Uhr am frühen Morgen! Der Wecker scheppert ohne Rücksicht auf meine Gefühle. Mit halb zugekniffenen Augen gehe ich ins Bad, mit halb zugekniffenen Augen ziehe ich mich an und mit halb zugekniffenen Augen gehe ich die Treppe zur Küche hinunter.

Ich lande inmitten eines Sturmes. Meine bereits voll aktive Mutter wirbelt unaufhaltsam durch das Erdgeschoss. Ich fühle mich, als sei ich noch auf den Zeitlupenmodus eingestellt, während sie wie jeden Morgen schon die Taste für schnelles Vorspulen gedrückt hat. Das „Guten Morgen", das wir uns wünschen, geht irgendwo zwischen den beiden Zeitstufen verloren und ich setze mich auf den Stuhl hinter dem leeren Teller. Meine Mutter redet. Das kann sie gut. Ich nicht.

Ich versuche dem zu folgen, was meine Mutter erzählt. Das ist jedoch nicht so einfach, denn sie steht während des Erzählens nicht still. Sie bleibt noch nicht mal im selben Raum. Während sie redet, zieht sie kreisförmige Bahnen durch die untere Etage unseres Hauses. Sie verlässt die Küche durch die eine Tür, läuft durch das Wohnzimmer und kommt durch die zweite Küchentür wieder zurück. Mit meinem halb wachen Gehirn versuche ich zu verstehen, was sie sagt. Nur so viel bekomme ich mit: Sie würde Onkel Georg gleich auf dem Weg zur Arbeit bei der Tagespflege vorbeibringen. Und sie fragt mich, ob ich ihn nach der Schule abholen könnte, worauf ich zustimmend antworte.

„Ob sich Onkel Georg wohl wie ein Möbelstück fühlt?", denke ich kurz.

Aber da ist noch mehr, was meine Mutter mir zu erzählen versucht oder auch erzählt. Sie erwähnt da einen Abend, an dem sie nicht zu Hause sein würde. Das klingt erstmal spannend und lässt mich aufhorchen. Doch bevor ich genauer nachfragen kann, was genau sie damit meint, verabschieden sie und Onkel Georg sich bereits und die Haustür fällt mit einem Knall hinter ihnen ins Schloss. Da muss ich später nochmal nachhaken!

Mit dem Zufallen der Tür kommt das Drehen meines

Kopfes zu einem abrupten Ende. Endlich Stille! Ich lehne mich entspannt zurück und schlürfe meinen Kakao. Zumindest bis mich die tickende Küchenuhr höflich, aber bestimmt darauf hinweist, dass es Zeit ist, mich auf den Weg zur Schule zu machen. Oder besser gesagt, dass die Zeit, um sich auf den Weg zu machen bereits verstrichen ist.

Wie erwartet, komme ich zu spät. Vor der Schule steht kein Mensch mehr. Der große braune Klotz mit seinen fein säuberlich nebeneinander angeordneten Fensterreihen hat bereits alle durch seine kleine Öffnung in sich hinein gesogen. Auch in der Eingangshalle und der Cafeteria sitzt und steht niemand mehr. Ich biege nach rechts ab und laufe hastig den leeren, allzu grellen, glatt gefegten Flur hinunter.

Besorgt, dass es Ärger geben könnte, bin ich nur ein wenig. Wegen meiner kleinen Verspätung habe ich eigentlich nicht viel zu befürchten. Die ersten zwei Stunden haben wir Kunstunterricht und da laufen von der ersten bis zur letzten Minute sowieso alle von einem Platz zum anderen. Deshalb fällt es dort nie auf, wenn mal jemand zu spät kommt, so wie ich heute.

Wie ich es erwartet habe, steht die Tür zum Kunstsaal weit auf. Als ich hineingehe, ist von der Kunstlehrerin nichts zu sehen. Dafür sehe ich Mia, die mit beiden Händen so ziemlich jede verfügbare Farbe auf einem Gebirge aus Pappmaché verteilt. Mit einer Regenbogenhand winkt sie mir zu, um mich zu ihr zu lotsen. Als wäre ich nicht schon auf dem Weg zu ihr.

„Was grinst du denn so?", fragt sie mich.

„Du siehst so aus, als wärst du eins geworden mit der Farbe. Hat Frau Rohmen noch gar nicht bemerkt, dass ich nicht da bin?"

„Nein, natürlich nicht! Die ist wie immer nur kurz vorbeigerauscht und dann war sie auch schon wieder weg. Wohin auch immer!"

Mia macht eine kurze Pause. Von Kopf bis Fuß prüft sie mich mit ihrem wissenden Blick.

„Keine Panik, Emma!", sagt sie.

Mias Pappmaché-Gebirge erinnert mich an durcheinander gewirbelte Tortenstücke. Tortenstücke die sich cremig verschmelzend umeinanderwinden. Die Assoziation liegt nah. Ihre Eltern betreiben eine Konditorei in der Innenstadt. Eine Konditorei, vor der sich am Sonntagmittag eine Schlange bildet, um noch an ein Stück der besten neuen Torte der Stadt zu kommen. Letzten Sonntag war das Spezialangebot eine Komposition aus Wassermelonencreme mit weißer Schokolade und Pecannuss-Crunch auf Knusperboden. Und diese Komposition hat überragend traumhaft geschmeckt, als Mia und ich diese am Samstag zuvor als Testesser probieren durften.

Nun erklärt mir Mia, dass ihr Kunstwerk eine Hommage an einen der unglaublichen Angestellten der Konditorei ist. In diesem konkreten Fall bezieht sie sich auf einen Vorfall am vorigen Nachmittag. Einen Vorfall mit Sven. Sven ist ein Mann, der nach eigener Aussage nicht verstehen kann, warum man ihm ständig kündigt. Auch versteht er nicht, warum er nach Aussage aller anderen Mitarbeitenden vor allem für Chaos sorgt.

Gestern ließ Sven nun alle in der Konditorei wissen, dass er eine neue Tortencreme erschaffen habe. Zuvor hat er sich in die Backstube zurückgezogen und eine Schlacht mit Butter, Nüssen, Milch und anderen Zutaten veranstaltet. Seine eigentliche Aufgabe, die anderen beim Verkauf hinter der Theke zu unterstützen, hat er dabei etwas schleifen lassen. Schließlich war es viel lustiger, im „Kuchen-Laboratorium" geheime Tortenmixturen zu kreieren, als im Ladenlokal Kuchen an die bereits ausreichend gesättigte Kundschaft zu verkaufen.

Für seine neue Kreation hat er eine Zutatenpalette von Ananas über Lakritz und Krokant bis zu Zimt gemischt, wobei etwas ziemlich Braunes herausgekommen ist. Und dieses Braun hat laut Mia genauso ausgesehen wie die Farbe ihres Gebirges. Und genau wie Mias Kunstwerk, hat die Eiskreation nur nach Nougat-Schokolade ausgesehen, aber absolut nicht so geschmeckt. Das merke ich, als ein Spritzer der Farbmischung von Mias Hand direkt in meinen Mund fliegt.

„Letzten Valentinstag, was meiner Meinung nach ein völlig überflüssiger Tag ist, auf jeden Fall war Sven da auch wieder voller Tatendrang. Woher habe ich denn das Wort ‚Tatendrang‘ jetzt schon wieder? Damit beschreibt man doch eher die Entwicklung eines Kleinkindes. So nach dem Motto: Hier seht ihr unseren kleinen Engel, er ist schon voller Tatendrang. Oder?", erzählt Mia vor sich hin.

Ich nicke zustimmend.

„Und was war jetzt mit Sven?", versuche ich den roten Faden von Mias Erzählung wieder aufzunehmen.

„Wie gesagt, wir schrieben den zuckersüßen Valentinstag. Ich kam gerade von der Schule nach Hause und musste unglaublich dringend aufs Klo. Also bin ich zur nächstbesten Toilette gegangen. Das war die im hinteren Teil des Ladenlokals. Als ich hineinging und den Lichtschalter drückte, da leuchtete es mir rot entgegen. Ich dachte es wäre plötzlich die Alarmstufe ausgerufen worden. Aber nein! Sven hatte ein rotes Tuch über die Lampe gehängt. Seine Begründung für diese Dekoidee war: Das sei so doch alles gleich viel romantischer, meinte er. Es sei ja Valentinstag."

„Irgendwann komm ich mal bei euch aushelfen, für ein paar Wochen."

„Ja, dann kannst du auch bei uns übernachten. Das

wäre praktisch und großartig."

Das ganze Haus, in dem sich die Konditorei befindet, gehört Mias Familie. In der Etage über der Konditorei haben sie ihre Wohnung. Das Dachgeschoss vermieten sie an Sven, der dort zusammen mit anderen Mitarbeitenden in einer Art Wohngemeinschaft lebt. Ich muss zugeben, dass ich dieses Lebenskonzept noch nicht abschließend verstanden habe.

„Aber glaub mir Emma, auf Dauer ist das Riesenchaos bei uns einfach nur nervig. Es gibt noch nicht einmal eine Gerüchteküche, denn dafür müsste es ja erst mal Geheimnisse geben. Aber die gibt's bei uns nicht. Früher oder später wissen immer alle alles. Nur mein Vater weiß noch nichts von der Matratze vom Sperrmüll, die Daniel in der leeren Garage für sich und seine Freundin deponiert hat. Aber das war es dann auch schon mit den Geheimnissen."

Und mit einem jammernden Hundeblick fleht Mia mich an: „Also bitte, wenn du irgendwelche Gerüchte kennst: Erzähl sie mir! Ich brauche dringend etwas Klatsch und Tratsch."

„Ich hatte gestern Morgen eine seltsame Begegnung mit Nina. Sie hat mich in einem atemberaubenden Tempo überholt und mir dabei nur ein abfälliges ‚Hallo' zugeworfen. Fand ich nicht so schlimm, weil sie einem am Morgen mit ihrem Geplapper ganz schön auf die Nerven gehen kann. Aber vermutlich wollte sie mir mit ihrem

Auftritt irgendetwas sagen. Aber was, das weiß ich nicht."

„Die kann mal wieder nicht zwischen zwei Leuten trennen. Sie ist sauer auf mich und damit auch auf dich, weil wir gut befreundet sind. Und jetzt spielt sie die Beleidigte."

„Was ist denn passiert? Oder warte kurz, ich geh eben meinen Wald holen."

Ich habe mich nämlich dazu entschlossen im Kunstunterricht einen Wald nachzubauen. Das, so finde ich, ist ein ziemlich genialer Plan, denn das Thema, zu dem wir etwas erstellen sollen, heißt ‚Natur'. Ich habe bereits Moos, grünen Filz, Kiesel und jede Menge Farbe verarbeitet. Und für die heutige Kunststunde habe ich sogar an die Zweige gedacht, die sich in meinem Kunstwerk als Baumstämme ausgeben sollen.

Als ich in dem Abstellraum ankomme, in dem unsere Kunstwerke in Regalen gestapelt aufbewahrt werden, prüfe ich kurz, ob alles Moos, Filz und Holz noch an seinem Platz ist. Es sieht gut aus. Ich greife nach der Holzplatte, die die Unterkonstruktion bildet und stelle fest, dass mein Nachbau etwas schwerer ist, als erwartet. Leicht ächzend komme ich kurze Zeit später mit meinem Kunstwerk im Arm am Arbeitsplatz neben Mia an.

Dort krame ich in den Tiefen meiner Schultasche und hole noch weiteres Material aus meinem Fach im Regal.

Mit einem Messer spitze ich die Enden der Äste an und stecke sie dann in den Wald aus Moos und Filz. Aber zufrieden bin ich noch lange nicht. Zusammen sieht alles nur aus wie ein grüner Klumpen mit Stacheln. Es ist kein Wald. Und die paar mehr Zweige würden nie ausreichen, um alle Kahlschläge zwischen den Moosbüscheln zu bedecken.

„Das ist der perfekte Platz für ein gruseliges Spukschloss. Abgelegen, mitten im tiefen, dunklen Wald," sagt Mia aufgeregt, während sie mit ihrem Finger auf einen der Kahlschläge deutet.

Die Idee ist gut. Aber wenn ich ein Spukschloss bauen möchte, dann müsste es wirklich perfekt sein. Vielleicht sogar mit ein paar Lichteffekten? Ich streiche die Lichteffekte schnell wieder und beschließe, mich lieber auf den Nachbau der Ruinen eines Schlosses zu konzentrieren. Ich liebe es, mich mit viel Geduld in eine Bastelarbeit zu vertiefen.

„Das ist die Idee! Ich baue wirklich ein Spukschloss", platzt es nur scheinbar spontan aus mir heraus.

„Genau, und das setzen wir dann auf meinen Berg. Und das Spukschloss auf dem Schokoladenberg setzen wir dann in deinen Wald. Es hat ja keiner gesagt, dass wir nicht im Team arbeiten dürfen."

Dann ändert Mia ihren Ton: „Dein Wald ist doch in Ordnung. Mach dir nicht noch mehr Arbeit."

„Vielleicht hast du recht."

Ich mache mich aber erstmal daran, die Landschaft mit den übrigen Zweigen zu erstechen und die Wut, die dabei in mir aufsteigt, lässt mich an die ‚nette' Begrüßung von Nina am gestrigen Morgen denken.

„Was war denn jetzt mit Nina?"

Bevor Mia zu antworten beginnt, holt sie erst noch tief Luft, dann aber geht alles ganz schnell.

„Ich muss dringend lernen, mich in Zukunft zusammenzureißen. Zumindest mal für ein paar Wochen. Ich will mir schließlich keine unrealistischen Ziele setzen. Keine Ahnung warum, aber in letzter Zeit muss ich wohl zu häufig meine Klappe aufgerissen haben. Ich sollte gestern Schlagsahne für den Laden holen gehen. Die war uns ausgegangen. Es ist echt unglaublich, wie viel Sahne die Leute essen können. Ich lief also nichts Böses ahnend und mit einem wirklich reinen Gewissen die Straße entlang und dann kam sie auf mich zu. Mit ‚sie' meine ich natürlich die entzückende Nina. Dann hat sie mich, ich glaube im wahrsten Sinne der Worte, bei Seite genommen und mich mit ernstem Blick angeguckt. Ich sag dir, das war der Blick eines Eichhörnchens im Schafspelz. Ich hätte wohl zu Anne gesagt, dass Nina doch eine ziemliche Prinzessin sei und das ist dann bei Nina gelandet. Das war ja gar nicht so böse gemeint. Irgendwie rutscht das alles in letzter Zeit immer so aus mir raus. Ich sollte echt darauf achten, in Zukunft weniger gehässig zu sein."

Das würde ich allerdings sehr schade finden. Ich liebe Mia für ihre Kommentare.

„Ach, was soll's! Im Augenblick gehen mir die ganzen Irren hier sowieso nur auf die Nerven. Wenn da nur nicht das Problem wäre, dass die immer alle so schnell verletzt sind", redet Mia weiter vor sich hin, während sie mit den Armen rudert.

Verletzt oder auch verzweifelt oder verdammt angefressen (oder so etwas in der Richtung, ich will mich da nicht festlegen) ist nun auch Sophie, nachdem sie vom Farbregen getroffen wurde, den Mias wilde Gestik ausgelöst hat. Vielfarbige Farbtupfer haben sich auf Sophies Gesicht und ihrer Bluse verteilt. Bevor Mia sich jedoch entschuldigen kann, ist Sophie bereits zum Waschbecken im Flur geflüchtet, um ihre helle Bluse auszuwaschen. Aber nicht ohne Mia zuvor noch ein „Kannst du nicht aufpassen?" entgegenzuschnauben.

„Heute haben wir Kunstunterricht. Da zieh ich doch am besten die weiße Bluse an, bei der ich einen Nervenzusammenbruch erleide, wenn die einen Fleck abkriegt", ist Mias Kommentar zu diesem Abgang.

Der Rest des Schultages verläuft, wie Schultage eben verlaufen. Mehr oder weniger nach Plan und mehr oder

33

weniger langweilig.

Nach Schulschluss fällt mir wieder ein, dass ich meinen Onkel aus der Tagespflege abholen sollte. Dafür muss ich auf dem Weg nach Hause nur einen kurzen Umweg durch den Stadtpark gehen. Danach komme ich nach ein paar Schritten zu dem unscheinbaren Neubau mit dem großen weiß-blauen Schild neben der steril gläsernen Eingangstür zur Tagespflege. Wie immer klingele ich, der Türöffner summt und ich gehe hinein. Mein Onkel wartet schon auf mich und der Pfleger hilft ihm in seine Jacke.

Auf dem Weg nach Hause herrscht die meiste Zeit unentschlossenes Schweigen. Nachdem wir ein Stück weit in den Park hineingelaufen sind, nimmt Onkel Georg meine Hand und legt etwas hinein. Erst nachdem ich genau hinsehe, fällt mir auf, dass es sich um das Pappmodell eines Hauses handelt. Und das Modell in meiner Hand sieht unserem Haus doch verdammt ähnlich. Allerdings könnte ich mir das auch nur einbilden, denn der Großteil der Farbe des Modells ist bereits abgebröckelt. Und die Hälfte des Daches ist auch eingefallen. Plötzlich blickt Onkel Georg mich erstaunt an. Dann schaut er wieder, den Kopf verwundert schüttelnd, auf das Modell in meiner Hand. Wir halten an. Er beugt sich über das Modellhaus und begutachtet es gründlich. Er schaut wieder mich an und sagt: „Ich glaube wir brauchen hier einen Papetier. Ich kenne da einen sehr guten, den sollten wir konsultieren". Dann nimmt er das kleine Modell wieder an sich.

Wovon er da redet, verstehe ich nicht. „Was soll's!", denke ich mir. Im Alter wird man halt wunderlich. Aber was tun, wenn man den Anderen nicht verletzen will? Mitspielen und auf Papetier-Suche gehen, um dann am Ende keinen zu finden? Besser nicht. Ich versuche stattdessen, vom Thema abzulenken.

„Ich brauche dringend etwas zu essen. Hast du keinen Hunger?", frage ich.

Sein trauriger Blick verrät mir, dass ihm wieder einmal bewusst ist, dass er zu vergessen beginnt.

„Du hast recht, wir essen erst mal was. Der Papetier macht bestimmt auch gerade Mittag", sagt er etwas geknickt.

Kapitel 3

SCHWESTERN

Nach dem Essen, das ich selbstständig aus der Kühltruhe geangelt und aufgewärmt hatte, will sich Onkel Georg ein wenig ausruhen. Er legt sich mit einer Wolldecke aufs Sofa. Ich gehe rauf in mein Zimmer, lege mich auf mein Bett und starre an die Decke. Ich überlege noch, ob ich lieber eine Serie gucken oder ein Hörbuch hören möchte, während meine Augen immer schwerer werden und ich schließlich in aller Stille einschlafe.

Irgendwann, vielleicht so nach einer Stunde, wache ich wieder auf. In einem kurzen Traum bin ich in ein Haus gegangen, das über einen Tunnel mit einem anderen Haus verbunden war. Ich fühlte mich verfolgt, lief in den Tunnel und als ich in seiner Mitte angekommen bin, schloss sich eine Tür, die den Gang in zwei Hälften teilte. Ich hörte noch, wie jemand von der anderen Seite gegen die Tür hämmerte, dann wachte ich schweißgebadet und mit rasendem Herzen auf.

Die Gedanken an den Traum, den ich zu vergessen versuche, kann ich nicht so leicht verdrängen. Früher habe ich meiner Mutter beim Frühstück immer von meinen Träumen erzählt. Irgendwann haben wir beide dieses Ritual aufgegeben. Meine Mutter wurde morgens immer hektischer und hat sich immer früher zur Arbeit verabschiedet. Noch hektischer als sie es sowieso schon den ganzen Tag über war.

Und ich? Es war zwar damals für viele unvorstellbar, aber ich, die Frühaufsteherin, bin in dieser Zeit vom frühen Vogel zum Morgenmuffel mutiert. Morgens wurde ich immer ungeselliger. Insgeheim war ich froh, dass ich direkt nach dem Aufstehen nicht reden musste, weil meine Mutter morgens immer früher zur Arbeit musste. Zwar hatte ich so niemanden mehr, dem ich meine Träume morgens erzählen konnte, aber dafür habe ich angefangen, sie in einem Tagebuch aufzuschreiben. Deshalb schnappe ich mir auch jetzt nach dem Aufwachen direkt das Buch vom Nachttisch. Der Traum von dem Tunnel zwischen zwei Häusern macht sich gut nach dem Traum von dem Restaurant, in dem es Kürbissuppe regnet.

Als ich das Tagebuch wieder zur Seite lege, bemerke ich, dass meine Mutter nach Hause gekommen ist. Ich höre sie unten in der Küche reden. Und irgendwer ist bei ihr. Ich stehe auf und strecke mich. Während ich die Treppe hinuntergehe, höre ich, wie meine Mutter und ihre Schwester Carla über mich reden. Scheinbar über mein besorgniserregendes Essverhalten. Meine Tante gibt den Satz „So wenig, wie sie in letzter Zeit isst, das kann nur diese Magerkrankheit sein" zum Besten.

Ich esse tatsächlich deutlich weniger in der letzten Zeit. Essgestört bin ich jedoch nicht. Die Erklärung für mein verändertes Essverhalten ist viel einfacher. Ich kann schlichtweg kaum noch etwas essen. Ich habe keinen Hunger mehr. Denn die zwitschernden Vögel, flatternden Schmetterlinge und blubbernden, herzförmigen Badeperlen in meinem Bauch, lassen einfach keinen Platz mehr übrig für irgendwelche Nahrung. Der Fall ist wohl mehr als klar: Ich bin verliebt! Verliebt und dauergesättigt. Und würde ich mehr essen, dann würde ich herzförmige Vogelfalter kotzen und alle würden schön blöd gucken. Aber das denke ich mir nur. Sagen würde ich das niemals. So oder so, die Verliebtheit schlägt mir voll auf den Magen.

Ich gehe in die Küche und setze mich zu meiner Mutter und Tante Carla an den Tisch. Mittlerweile haben sie das Thema gewechselt. Sie machen sich gerade gegenseitig Komplimente zu ihrer neuen Kleidung. Alles wirkt so harmonisch, als sei nie etwas passiert. Ich kann mir ein Schmunzeln nicht verkneifen.

„Was grinst du denn so? Hat beim Abholen heute Mittag alles geklappt?", fragt meine Mutter skeptisch.

„Ja, hat alles geklappt, das war ja nicht das erste Mal."

„Schön. Georg war auch richtig gut drauf vorhin. Aber warum grinst du so?"

„Jetzt grad eben musste ich nur daran denken, wie ich noch vor ein paar Wochen für euch beide die Tragetaschen hin und her schleppen musste."

Die beiden lächeln etwas verlegen.

Vor ein paar Wochen wären meine Mutter und Carla nie auf die Idee gekommen, sich zum Kaffee trinken bei uns in der Küche zu treffen. Es herrschte absolute Funkstille zwischen den beiden Schwestern. Dazu gab es eine Vorgeschichte.

Vor etwas mehr als einem Jahr haben wir, das heißt Carla, ihr Mann Theo, meine Mutter und ich geplant, gemeinsam in den Urlaub zu fahren. Erreicht haben wir unser Urlaubsziel nie. Wir haben viel geredet und diskutiert. Durch zu viele Diskussionen über die kleinen Nichtigkeiten eines zu planenden Urlaubes ist ein Kampfplatz entstanden. Dieser anfangs recht kleine Kampfplatz, auf dem ungeklärte Konflikte aus der Vergangenheit meiner Mutter und ihrer Schwester auftauchten, wurde schließlich zu einem Schlachtfeld.

Ich erinnere mich daran, dass wir uns an einem Abend

bei Carla und Theo zu viert getroffen haben. Die beiden wohnen in einem Haus schräg gegenüber von uns. Wir haben uns verabredet, um uns im Internet verschiedene Reiseziele, Hotels und Angebote anzuschauen. Carla hat an eben diesem Abend vorgeschlagen, dass Onkel Georg während unseres Urlaubs zur Kurzzeitpflege in einem Seniorenheim aufgenommen werden könnte. Dieser Vorschlag hat meine Mutter blitzschnell rasend werden lassen.

„Wenn jemand unbequem wird, willst du ihn einfach abschieben!"

Mit diesem Satz wurden Erinnerungen an einen alten Streit wach. Ein Streit, der entstanden war, als sich die beiden Schwestern überlegen mussten, wie sie ihre langsam pflegebedürftig werdende Mutter, meine Großmutter, versorgen könnten. Carla hatte damals gemeint, dass meine Großmutter aufgrund der offenen Wunden besser in einem Pflegeheim versorgt werden könnte. Meine Mutter hielt allein den Gedanken daran, die eigene Mutter in ein Pflegeheim zu geben, für verwerflich und machte Carla Vorwürfe. Es kam damals zu einem großen Streit. So richtig ausgesprochen hatten sie sich danach nie.

Als es dann im Zusammenhang mit unserem Urlaub um die Versorgung von Onkel Georg ging, kamen die Erinnerungen an den Streit wieder nach oben. Es kam zu einer kurzen verbalen Explosion zwischen ihnen, während

Theo und ich uns nur mit offenen Mündern anstarrten. Dann packte meine Mutter meine Hand und riss mich mit sich nach draußen und über die Straße in das Haus, in dem wir mittlerweile mit Onkel Georg zusammenwohnen.

Auf dem Schlachtfeld der Reiseplanung und der Versorgung pflegebedürftiger Angehöriger herrschte in den letzten Monaten die Ruhe nach dem Sturm. Es gab auch keinerlei Austausch zwischen den Fronten. Der Kontakt zwischen den beiden Schwestern ist völlig abgebrochen. Auch ich sprach nicht mit Carla oder Theo und die beiden nicht mit uns. Es war wie eine stillschweigende Übereinkunft, dass wir uns gegenseitig ignorieren.

Die eine Schwester sprach monatelang nicht mehr mit der anderen. Die Lager waren gespalten. Theo und meine Tante auf der einen und meine Mutter und ich auf der anderen Seite. Am Tag nach dem Knall war eben nur fast alles wieder so, als sei nie etwas passiert. Ich ging weiter zur Schule, meine Mutter arbeitete und Onkel Georg versuchte, sich bei uns einzuleben. Der Unterschied war, dass meine Mutter und ich vom einen auf den anderen Tag so taten, als gäbe es die anderen beiden nicht. Carla und Theo kannten wir nicht mehr. Und die beiden taten das Gleiche mit uns. Ich war meiner Mutter gegenüber loyal und habe wie ferngesteuert ihr ignorierendes Verhalten übernommen. Wir alle lebten in einer Straße, sahen uns inoffiziell fast täglich, aber sprachen nie ein Wort. Auch mit meiner Mutter redete ich weder über den Streit noch über die beiden selbst in irgendeiner Weise. Aber zumindest war Onkel Georg gut versorgt. Und niemand fuhr in den Urlaub.

Vor ein paar Wochen nun hielt mich auch die Loyalität meiner Mutter gegenüber nicht mehr zurück und ich beschloss, Carla zu besuchen. Nachdem ich die Straße vor unserem Haus überquert habe, zögerte ich noch kurz, während im nächsten Moment mein Finger schon die Klingel berührte und ich drückte. Es dauerte nicht lange, da machte Carla die Tür auf. Ihrem Gesicht konnte ich entnehmen, dass sie überrascht war, mich zu sehen. Ansonsten war alles vom ersten Moment an so, als sei nie etwas gewesen. Ich ging hinein und benahm mich, als sei nie etwas passiert. Carla machte das Gleiche. Aber ihrer Schwester, also meiner Mutter, der konnte Carla noch nicht ganz verzeihen. Zwischen ihnen herrschte weiterhin das große Schweigen.

Zumindest oberflächlich. Untergründig wollte Carla meine Mutter wissen lassen, dass sie weiter für sie da war. Und meiner Mutter ging es ähnlich. Das war der Startschuss für eine sich ständig wiederholende, lastenbepackte Karawanenwanderung von der einen Straßenseite zur anderen. Von Carlas Haus zum Haus meiner Mutter und dann auch wieder zurück. Die Karawane bestand dabei vor allem aus mir, die Dinge von einem Haus zum anderen trug.

Jedes Mal, wenn ich bei meiner Tante zu Besuch war, gab sie mir „dies und jenes" für meine Mutter mit. Das „dies und jenes" wurde bei jedem Mal mehr und ich schleppte es über die Straße. Erst gab mir meine Tante nur etwas Taschengeld mit, dann mal ein paar Flaschen Apfelsaft, eine Tüte mit Brot, Putzmitteln, Mandeln (denn die mochte meine Mutter ja so gerne), Milch, Kaffee und Marmelade, ein Paar selbstgestrickte Socken oder auch mal eine zwanzig bändige Enzyklopädie. Kein Problem, ich konnte ja zweimal gehen! Leider war ich allein unterwegs und ich hatte auch keinen Karren oder Esel und auch kein Kamel, das mir beim Tragen hätte helfen können. Deswegen seien die körperlichen Strapazen, die ich in dieser Zeit aufgrund der wachsenden Transportmengen durchmachen musste, hier auch ausdrücklich erwähnt.

Carla schenkte uns auch einfach mal ein Fahrrad, denn das war ja im Angebot. Aber das hatte wenigstens noch Räder, im Gegensatz zu dem alten Familienerbstück, dem Sekretär, den meine Mutter laut Carla ja immer schon so schön fand. Kein Problem! Ich hatte dank Carla ja mittlerweile eine Sackkarre.

So ging es bis vor ein paar Wochen hin und her. Denn

auch meine Mutter wartete nicht lange, bis sie mir die ersten Pakete zur Zustellung an Carla übergab. Ich durfte tragen und schleppen, denn die eine Schwester traute sich nicht in die Nähe des Hauses der anderen.

Irgendwann wurde Carla ein Stück mutiger. Sie hat mir gerade eine Tasche mit den mehr oder weniger wichtigen Dingen des Lebens gepackt und ich verabschiedete mich. Als ich gerade in unserer Haustür verschwunden bin, fiel ihr ein, dass sie etwas vergessen hat. Ich hatte ihr zuvor erzählt, dass meine Mutter erkältet sei. Und jetzt hat meine Tante vergessen, die Flasche Hustensaft miteinzupacken.

Carla überlegte, ob meine Mutter zu Hause sei und schaute die Straße entlang. Das Auto meiner Mutter war nicht da! Clever, wie meine Tante war, wusste sie: Auto nicht da, Schwester nicht da. Sie konnte also schnell noch rüber laufen, klingeln und mir den Hustensaft in die Hand drücken, ohne dass ihre Schwester sie sieht. Blöd nur, wenn so ein Auto mal zur Inspektion muss und der Besitzer trotz fehlendem Auto doch zu Hause ist.

Meine Tante ging zu unserer Haustür, den Hustensaft in der Hand und klingelte. Onkel Georg und ich machten die Tür nicht auf. Aber meine Mutter. Sie hat es als erste zur Tür geschafft. Sie hat den Hauptpreis gewonnen.

Die beiden Schwestern standen sich gegenüber. Und es passierte nichts. Sie schauten sich in die Augen und alle Befürchtungen und alle Wut hatten sich in Luft aufgelöst.

Alles war vergessen. Sie konnten beide verdammt laut werden. Sie konnten beide verdammt nachtragend sein. Aber in dem Moment, als sie sich ansahen, war alles vergessen. Sie waren nur zu stolz, um den ersten Schritt aufeinander zuzugehen.

Und jetzt, wenige Wochen später, sitzen sie wieder gemeinsam in unserer Küche. Sie unterhalten sich, als sei nie etwas gewesen. Deshalb bekomme ich auf meine Anspielung mit den Tragetaschen auch von beiden nur ein Grinsen zurück.

„Wir haben gerade unseren Urlaub geplant", sage meine Mutter, als sollte ich wissen, wovon sie da spricht. Ich ahne nur Böses. Die Vergangenheit der letzten Monate sprach da Bände. Ich befürchte, dass der Friede zwischen den Schwestern nicht mehr lange anhält. Mit Mühe verkneife ich mir einen skeptischen Blick.

„Was für einen Urlaub?", frage ich überrascht, denn ich habe keine Ahnung, was sie damit meint.

„Das habe ich dir doch heute Morgen erzählt."

Jetzt ist mir alles klar! Sie meint dieses Gespräch, bei dem sie die Hälfte der Zeit nicht im selben Raum wie ich gewesen ist. Netterweise erzählt sie mir dann noch einmal alles, diesmal aber ohne dabei das Zimmer zu verlassen.

„Carla und ich wollen am Freitag an die Nordsee fahren."

„Aha ... Wie lange denn?"

„Nur zwei Nächte. Ein Wochenendausflug. Willst du nicht mitkommen? Theo hat schon gesagt, dass er keine Lust hat."

„Nee, ich bleib hier. Was soll ich denn an der Nordsee?"

„Abends gemütlich mit uns eine Runde am Strand spazieren gehen und frische Seeluft einatmen. Aber ich habe mir schon gedacht, dass das nichts für dich ist", sagt meine Mutter.

„Wäre es denn O.K. für dich, allein hier zu bleiben?", wirft meine Tante ein.

Ich nicke und ich habe nicht das Gefühl, dass eine der beiden mit einer anderen Reaktion von mir gerechnet hat.

„Und was ist mit Onkel Georg?", frage ich und fürchte mich fast im selben Moment davor, welche Katastrophe diese Frage auslösen könnte.

„Wir haben vorhin mit ihm gesprochen. Er bleibt so lange drüben bei Theo. Die beiden pflanzen bei uns gerade ein paar neue Blumen an. Mal gucken, wie es Georg am Freitag geht", wirft meine Tante ein.

„Wenn du nicht alleine bleiben möchtest, kannst du ja Mia fragen, ob sie hierherkommen will. Oder du schläfst auch drüben bei Theo und Georg."

„Ich denke, ich werde einfach hier schlafen."

Und das sage ich, obwohl ich ganz genau weiß, dass ich es allein im Haus in der Nacht überall knarren und rascheln hören würde. Ich hätte das ganze, große, dunkle Haus für ein paar Tage für mich allein. Das ist schön. Aber ich bin auch ein Angsthase. Ein Angsthase, der genau das nicht zugeben kann. Ich möchte stark und erwachsen sein.

Kapitel 4

LIEBE, LUFT UND SPUKENDE VOGELFALTER

Am nächsten Tag sitze ich nur halb wach in der Schule. Mein gestriger Mittagsschlaf hat dazu geführt, dass ich nachts noch lange in meinem Bett gelegen habe, ohne einschlafen zu können. Als ich endlich eingeschlafen bin, konnte ich schon das erste Tageslicht durch die Ritzen der Rollladen scheinen sehen. Nun zieht der Mathematikunterricht nonstop an mir vorbei. Schlafmangel und Gleichungen, die mehr Buchstaben als Zahlen enthalten, sind eine schlechte Kombination. Jedenfalls, wenn man dazu gezwungen ist, seine Augen offen zu halten.

Im Englischunterricht fühle ich mich schon besser animiert. Zuerst wird ein Gedicht verteilt. Wer liest vor? Das traue ich mir zu und ich melde mich. Irgendwelche Vokabelfragen? Das alles ist schnell abgehandelt und somit ist die erste Arbeit getan. Jetzt ist es an der Zeit, um zu klären, worum es in dem Gedicht eigentlich geht: Ein Ich sieht ein anderes Ich, ist gefesselt und nach einem Blitzeinschlag nicht mehr Herr seiner Sinne. Der Inhalt ist geklärt und unsere Englischlehrerin nicht zu unterschätzen. Um unsere Aufmerksamkeit zu erlangen und eine Diskussion in Gang zu setzen, stellt Mrs. Müller nämlich geschickt einen Bezug zu unserem Alltag her:

„Marvin, imagine you are walking through the school and suddenly a flash hits you."

Marvin kratzt sich daraufhin lässig an verschiedenen Körperteilen und denkt angestrengt darüber nach, was er in so einer Situation wohl tun würde. Mich lässt die Anmerkung von Mrs. Müller an meinen eigenen Flash denken.

Wie ich bereits erzählt habe, hat mich der Flash längst gehittet. Ich muss mir nichts mehr vorstellen. Ich bin bereits verliebt. Ich verstehe aber nicht, woher der Flash gekommen ist und was nun in mir vorgeht. Warum ist auf einmal alles anders?! Einzig und allein steht fest: dieses alles überschattende Gefühl ist da. In meinem Bauch, in meinem Hirn und in allen Muskeln. Und das alles macht mich zu einer ziemlich wackligen Angelegenheit. Ich könnte also mit Hilfe meiner einschlägigen Erfahrungen einen sinnvollen Beitrag zum Unterricht leisten, aber ich verhalte mich lieber unauffällig.

Einem Menschen im Klassenraum bin ich zu diesem Zeitpunkt bereits aufgefallen und dieser Mensch ist Mia.

Wer auch sonst? Denn ich kenne niemanden, außer ihr, der mit solcher Leidenschaft jegliche Entwicklungen in der Welt der zwischenmenschlichen Beziehungen aufspürt, wie sie. Und dass ich von ihr entlarvt wurde, weiß ich, als ich den Zettel lese, den sie mir rüberschiebt.

„Ich sehe es dir an der Nasenspitze an, du bist verliebt! Wer ist es?"

Ich schreibe zurück: „Hiermit gebe ich zu, dass da jemand ist. Aber wer, das sag ich dir lieber nicht. So, wie ich dich kenne, lässt du mich dann nämlich nicht in Ruhe, bis ich irgendetwas mache."

Mias Antwort: „In Ruhe lasse ich dich sowieso nicht. Ich werde dich beobachten! Und wenn ich weiß, wer es ist, wirst du keine ruhige Minute mehr haben."

Es ist merkwürdig, dass es ihr nicht schon früher aufgefallen ist. Denn in dem Moment, als mich der Schlag getroffen hat, befand sich Mia sogar direkt neben mir. In einer großen Pause haben Mia, unser Freund Lukas und ich uns an einen der Tische in der Eingangshalle gesetzt. Mia knabberte gerade an ein paar Keksen, während Lukas unseren Erdkundelehrer imitierte, wie dieser etwas benommen nicht dazu in der Lage war, einen Stecker in die Steckdose zu stecken. Seine Darbietung an sich war gar nicht von Bedeutung, die habe ich schon mehrmals gesehen. Entscheidend war, dass sie mich zum Lachen brachte. So sehr, dass ich meinen Kopf und meine Augen nicht mehr stillhalten konnte.

Mein Blick mit dem breiten Lachen im Gepäck schwebte durch das Gewirr in der Pausenhalle und über es hinweg, hinüber zu der Sichtschneise zwischen der milchtrüben Plexiglasscheibe und dem Getränkeautomaten. Und genau dort, eingerahmt von den gekühlten Limodosen und der Wand aus Plexiglas trafen sich unsere grinsenden Blicke. Die Welt stand still, nur auf der pendelnden Datenautobahn zwischen unseren Augen flitzten Funken zu mir herüber. Sie flitzten durch meine Augen in meinen Bauch, wo sie dann vermutlich die Vogelfalter in Aufruhr brachten. Ich hätte ewig in der Zwischenwelt hängen bleiben können, aber ich wurde von einem Stoß in die Seite wieder an den Tisch zu Mia und Lukas zurückgeholt.

„Hörst du mir eigentlich zu? Ist irgendwas?", fragte mich Mia.

„Ich bin mir nicht sicher. Mir ist gerade etwas sehr Merkwürdiges passiert. Ich habe keine Ahnung, wie ich das einordnen soll. Da hinten stand gerade ein Junge aus unserer Schule und wir haben uns angelächelt. Kennst du den? Er hat rot-blonde Haare und ich glaube, er trug ein hellgrünes T-Shirt und Jeans. Es könnte sein, dass ich mich gerade verliebt habe. Aber ich kenn doch noch nicht einmal seinen Namen. Geht das denn so schnell? Das kann doch gar nicht sein, oder?", dachte ich.

„Nein, nichts", sagte ich.

Seit diesem Moment in der Pausenhalle sind inzwischen mehr als zwei Wochen vergangen und Mia hat tatsächlich erst jetzt bemerkt, dass ich das Fortbewegungsmittel gewechselt habe. Ich ging nicht mehr zu Fuß. Ich war auf eine Wolke umgestiegen. Und auf dieser Wolke schwebte ich auch eines Tages während der letzten zwei Wochen durch die Schule und steuerte in der Pause den Kiosk an. In der Warteschlange vorm Kiosk bin ich gerade noch so einem Auffahrunfall mit der Gitarrentasche meines Vordermanns entgangen und dann habe ich ihn zum ersten Mal wiedergesehen. Er stand weiter vorne an. Plötzlich rief jemand von den Tischen seinen Namen zu ihm herüber.

„Paul!"

Paul! Dass nur er damit gemeint sein konnte, wusste ich, als Paul mit einem lauten „Sehr lustig!" antwortete.

Er hatte einen merkwürdigen Tonfall in seiner Stimme. So, als könnte er sich nicht entscheiden, welche Teile der Worte er betonen will.

Die Schlange, in der ich stand, rückte weiter voran und schließlich war ich an der Reihe, etwas zu bestellen. Ich schluckte die Vogelfalter runter, bestellte mein Milchbrötchen und stopfte es in meine Tasche. An Essen war nun nicht mehr zu denken. Aber auch dieser Vorfall war inzwischen einige Tage her und ich habe Paul seitdem nur noch aus der Ferne gesehen. Paul! Was für ein blöder, perfekter Name!

Zurück zu meinem heutigen Schultag. Dem Englischunterricht, in dem wir uns so eingängig um ein Gedicht über einen Flash gekümmert haben, folgt der Philosophieunterricht. Und dieser wird von unserem Lehrer mit einer Frage an uns eingeleitet: „Was ist Liebe?"

Eine ganz tolle Frage, denke ich mir und rolle innerlich mit den Augen. Eine großartige Frage, aber schwierig zu beantworten.

„Und bevor wir das jetzt näher besprechen, lasst uns doch zur Veranschaulichung mal ein konkretes Beispiel an die Tafel schreiben."

Er schreibt an das Whiteboard: x liebt y. Nein, das ist ihm nicht genau genug. Er benutzt dann doch lieber zwei zufällig ausgewählte Namen anstelle der Platzhalter.

Er tut es wirklich. Er geht zum Kasten unter dem Whiteboard, nimmt einen Marker und beginnt zu schreiben. Und nach ein paar Strichen, steht es unübersehbar groß an der Tafel. Blau auf Weiß: „Emma liebt Paul." Ein Mitschüler ruft daraufhin netterweise spontan in die Klasse:

„Liebt Pavel denn auch Edda?"

Erst nach dem Zwischenruf merke ich, dass meine Wahrnehmung mich getäuscht hat. Dort an der Tafel steht nicht wirklich mein Name und auch nicht Pauls. Es ist bloß von Edda und Pavel die Rede, nicht von Emma und Paul. Unauffällig versuche ich, in mir selbst zu versinken.

„Gute Frage", sagt unserer Lehrer.

Damit hat er recht. Es ist eine verdammt gute Frage, die mich sehr interessiert, aber auf die ich leider keine Antwort habe. Und jetzt fehlt nur noch, dass ich rein zufällig dazu aufgefordert werde, zu dieser Frage Stellung zu nehmen. Aber das bleibt mir glücklicherweise erspart.

Nach der letzten Stunde stehen Mia und ich unterm Vordach des Haupteingangs und schauen in den Sommerregen hinaus. Wir verabreden uns für den Abend und während Mia durch den Regen zu ihrem Fahrrad läuft, gehe ich noch kurz in der Schulbibliothek vorbei. Vor allem, um nach einem Buch für mein Referat über Spinnentiere zu suchen. Denn unsere Biologielehrerin mag es, wenn wir nicht nur Internetquellen nutzen. Aber ehrlich gesagt, spielt dabei auch meine Hoffnung eine Rolle, dort vielleicht ganz zufällig auf Paul zu treffen. Es könnte sich sogar irgendeine Gelegenheit ergeben, ihn anzusprechen. Und wenn alles vollkommen abwegig verläuft, würde ich sogar etwas zu ihm sagen können.

Als ich in der Bibliothek ankomme, ist es dort bereits wie ausgestorben. An einem der Tische sehe ich zwei Mädchen aus einer anderen Klasse, die versuchen so leise wie möglich zu diskutieren. Ich laufe am Regal mit den Zeitschriften vorbei und ziehe mich in die Biologieabteilung zurück.

Eine kleine Reihe im oberen Teil des Regals widmet sich den verschiedenen Tierarten. Zwischen einem großen, schweren allgemeinen Tierlexikon und einem schmalen Buch über Landvögel, finde ich, wonach ich suche. Ich nehme das Spinnenbuch aus dem Regal und blättere durch es hindurch. Das Buch ist in eine Einführung über Spinnentiere im Allgemeinen und in einen Teil über die verschiedenen Arten im Besonderen eingeteilt. Ich schließe das Buch und befinde es für nützlich.

Als ich wieder aufschaue, fällt mein Blick durch die entstandene Lücke im Bücherregal hindurch auf die andere Seite. Zwischen den Landvögeln auf der einen und dem gesamten Tierreich inklusive Meereswelt auf der anderen Seite treffen sich Pauls und meine Blicke erneut. Ein Regal und ein wenig Luft von mir entfernt, steht er und wir schauen uns an. Das ist er, der Zufall, auf den ich gehofft habe. Es ist aber auch der Zufall, mit dem ich nun überfordert bin. Im Gegensatz zu dem ‚Augentreffen‘ in der Pausenhalle sitze ich diesmal leider nicht in sicherer Entfernung auf einem Stuhl zusammen mit meinen Freunden. Diesmal bin ich ihm so nah, dass es durchaus angemessen gewesen wäre, etwas zu sagen. Aber da ist ein Problem. Mir fällt kein Wort ein, mir fällt nur auf, dass ich mich gerade dumm verhalte. Ich will nur noch weg. Und da ich schon mal stehe, laufe ich einfach davon.

Ich stürme aus der Bibliothek. Das ist keine clevere Idee, denke ich, während ich die Treppen zum Ausgang hinunterrenne. Aber ich kann auch nicht umdrehen. Draußen beruhigt sich mein Puls wieder. Die Panik flaut ab. Ich laufe stampfend nach Hause, denn ich bin verdammt wütend auf meine eigene Unfähigkeit.

Kapitel 5

HINTER DER MAUER

Den Nachmittag verbringe ich damit, an meinem Schreibtisch zu sitzen und meine Sprachorgane zu fragen, warum sie es in der Bibliothek nicht zu Stande gebracht haben, das einfache Wort ‚Hallo' herauszubringen. Dieses Wort hat doch nur fünf Buchstaben! Das ist doch nicht so schwer! Nach ein paar Stunden der überflüssigen Selbstzerfleischung höre ich unten die Türklingel. Ein paar Minuten später klingelt es erneut, aber ich gehe immer noch nicht hinunter, da ich weiß, dass meine Mutter zu Hause ist.

Erst frage ich mich noch, wer das wohl sein könnte. Aber dann fällt mir ein, dass es nur meine Tante Carla und unsere Nachbarin Hergard sein können. Bevor meine Mutter und ihre Schwester sich zerstritten haben, war es Tradition, dass sie sich zu dritt fast jeden zweiten Tag abends bei uns in der Küche treffen. Aber daran habe ich mich nach der langen Zeit der Funkstille noch nicht wieder gewöhnt und frage mich jedes Mal aufs Neue, wer da wohl vor der Tür stehen könnte.

Ich schaue zur Uhr, die auf dem Schreibtisch vorm Fenster steht. Es ist kurz nach fünf, was für eine abendliche Zusammenkunft in unserer Küche ein bisschen zu früh ist. Aber vielleicht wollen sie auch einfach nur das nachholen, was sie in den letzten Monaten verpasst haben.

Plötzlich knarrt meine Zimmertür. Ich drehe mich um, um zu sehen, wer da ist. Ich sehe, wie sich die Tür weiter öffnet, aber niemand kommt herein. Erst als ich die kalte Nase von Bruno, dem Hund unserer Nachbarin Hergard, an meinem Arm schnüffeln spüre, ist das Rätsel der knarrenden Tür gelöst. Bruno ist ein schwarzer Mischling mit kurzem Fell, den man leicht mit einem am Boden vorbeiflitzenden Schatten verwechseln kann. Bloß dass Schatten nicht so ausdauernd auf der Suche nach etwas Essbarem sind.

Nachdem Bruno ein paar Streicheleinheiten kassiert hat, packe ich meine Sachen zusammen, um mich auf den Weg zu Mia zu machen. Vorher schaue ich noch kurz in der Küche vorbei. Dafür folge ich Bruno, der zielstrebig nach unten rast, sobald ihn meine Aufbruchstimmung erfasst. Ich öffne die Tür und luge hinein, ohne bemerkt zu werden. Die drei ‚bedeutendsten‘ Frauen unserer Nachbarschaft sind gerade in eine hektische Diskussion vertieft. Gegenstand ihrer Unterhaltung ist die Planung des kurzen Nordseeurlaubs. Bruno versucht sich währenddessen hektisch einen Weg an meinen Beinen vorbei in die Küche zu bahnen. Da es ihm nicht gelingt, rennt er so schnell es geht ins Wohnzimmer und dreht eine Runde, um zum anderen Eingang der Küche zu gelangen.

Nachdem ich mich mit einem ‚Hallo‘ in alle Richtungen, an den viel zu kleinen Tisch setze, wird auch meine Anwesenheit registriert. Sie wollen Pizza bestellen, aber ich sage, dass wir bestimmt gleich bei Mia etwas essen würden. Tante Carla, die keine eigenen Kinder hatte, die sie beglucken kann, blickt skeptisch zuerst zu mir und dann zu meiner Mutter. Offensichtlich ist Carla noch immer fest davon überzeugt, dass ich nicht ausreichend Nahrung zu mir nehme. Für meine Tante ist diese Verweigerung der Pizza ein besorgniserregendes Zeichen. Ihr fehlen wichtige Informationen.

Hätten meine Mutter und Carla das Kriegsbeil früher begraben, dann wüsste Carla, dass bei Mia Abend zu essen für mich mittlerweile Tradition ist. Mindestens einmal pro Woche bin ich abends dort. Carla weiß das nicht und hält das Essen bei Mia nur für eine ganz schlechte Ausrede. Das versucht sie meiner Mutter mit ihrem skeptischen Blick zu vermitteln, aber die ist schon längst zum nächsten Thema gewechselt.

„Schau mal, was Carla für uns mitgebracht hat", sagt meine Mutter.

Tante Carla fügt hinzu: „Ich habe es heute Mittag gesehen und dachte: genau das fehlt bei uns in der Küche noch. Und da habe ich dann gleich noch ein Zweites für euch mitgebracht."

Mit meinem Blick folge ich dem ausgestreckten Arm meiner Mutter und entdecke einen langen, aufgerissenen Karton, der angelehnt an der Wand in einer Ecke steht. Aus dem Karton ragt ein längliches Metallkonstrukt. Die Geschenke nehmen kein Ende. Carla hat noch immer nicht aufgegeben, meine Mutter mit mal mehr mal weniger überflüssigen Schnäppchen zu beschenken. Tradition wird in unserer Familie eben großgeschrieben! Lediglich die Tradition, mich als vermittelnde Botin zwischen den Fronten einzusetzen, hat man aufgegeben. Das ist ja schon mal etwas.

Neugierig luge ich in den Karton und mir wird erklärt, dass es sich bei dem Inhalt um ein Küchenregal handelt. Ich hole einen Teil des Regals aus seiner Verpackung und halte es an die freie Stelle über dem Herd. Ich schaue zu meiner Mutter hinüber und frage sie, ob diese Stelle wohl günstig wäre. Ihre Augen funkeln, denn ihr wird bewusst, dass sie nun endlich wieder ihr liebstes Werkzeug zum Einsatz bringen kann.

„Wo hab ich denn die Bohrmaschine?", redet meine

Mutter vor sich her, während sie zielstrebig die Abstell-kammer unter der Treppe ansteuert.

Zeitgleich erzählt unsere Nachbarin Hergard Tante Carla und mir von ihrer neuen Laufstrecke am Bruchsee, die sie jeden Morgen gemeinsam mit Bruno „abwackelt". Nur heute Morgen nicht, da der Wecker nicht geklingelt hat.

„Deshalb ist Bruno auch noch so aufgedreht", folgert Carla.

Ich beschließe, zu Mia aufzubrechen und verabschiede mich von den beiden in der Küche verbliebenen Frauen.

„Willst du Bruno nicht mitnehmen? Dann kommt er heute wenigstens nochmal raus", unterbricht Hergard meinen Aufbruchsversuch.

„Klar, gerne!", ist meine Antwort.

„Hier nimm den Schlüssel mit und lass ihn einfach nachher bei uns wieder rein. Du kannst den Schlüssel dann einfach in die Schale legen und die Tür hinter dir zu ziehen. Ich denke nicht, dass wir noch lange wach blei-ben."

Ich nehme den Schlüssel und schaue noch kurz zu mei-ner Mutter über die Schulter. Sie kramt weiter eifrig in der Kammer nach der Bohrmaschine und flucht dabei zwi-schendurch.

„Ich geh dann jetzt zu Mia", sage ich zu ihr.

„Wann kommst du denn zurück?"

„Spätestens um zehn bin ich wieder da. Und ich hab Bruno dabei."

„Okay. Dann bis später und viel Spaß, Schatz!"

Ich nehme die Leine und Bruno fängt an, wild vor mir her zu tänzeln, was die Sache mit dem Anleinen nicht unbedingt erleichtert. Ich verabschiede mich schließlich mit einem „Tschüss, bis später!" aus der Haustür.

Ich laufe mit Bruno an der Leine unsere Straße in Richtung Innenstadt entlang, wo sich die Konditorei und die Wohnung von Mias Familie befinden. Bruno davon zu überzeugen, genau diesen Weg zu nehmen, ist nicht so einfach. Wenn es nach draußen geht, dann muss es seiner Meinung nach direkt in den Wald gehen und der liegt nun einmal in einer anderen Richtung. An jeder Ecke versucht er, mich durch dezentes Einschlagen eines anderen Weges, darauf aufmerksam zu machen, dass ich nicht weiß, wo es lang geht. Irgendwann jedoch schenkt er mir einen letzten „Gut, ich habe es verstanden, du bist der Boss, aber glaub mir, das wird schief gehen"-Blick und lässt sich tapsend von mir zu Mia führen.

Als ich die kleine Einkaufsstraße, in der die Konditorei liegt, hinauflaufe, sind nicht mehr viele Menschen unterwegs. Der kleine Platz vor der Konditorei, die gleichzeitig auch ein wichtiger Treffpunkt für alle Menschen im Ort ist, sticht deutlich hervor. Dort stehen einige Tische, an denen sich fast alle Leute, die noch in der Innenstadt unterwegs sind, versammelt haben. Es ist eben ein gewöhnlicher Frühsommerabend.

Am Eingang der Konditorei angekommen, spähe ich durch die Glasfronten hinein. Dort herrscht Hochbetrieb und die neu installierte Soft-Eis-Maschine scheint heiß begehrt zu sein. Am hinteren Ende der Theke winkt mir Mias Mutter mit einem Lächeln entgegen. Mit einem Fingerzeig nach links deutet sie mir an, dass ich an der Haustür nebenan, die zur Wohnung der Familie führt, klingeln sollte. Sie ruft zu mir hinüber, dass Mia und Lukas bei ihr im Zimmer sein müssten.

Ich gehe in den Hauseingang, wovon Bruno weniger begeistert ist und klingele. Es tut sich nichts. Ich klingele noch einmal. Wieder nichts. Ein letzter Versuch: Dauerdruck auf Klingelknopf auszuüben, ergibt Dauerringen und sollte von im Haus anwesenden Personen nicht zu überhören sein. Ich selbst kann das Klingeln draußen deutlich hören und auch Bruno, der zu einem Jaulen ansetzt, scheint es zu bemerken. Aber wieder erfolgt keine Reaktion. Kein Surren des Türöffners und auch kein hinter der Glasscheibe der Tür auftauchender Schatten, der den Eingang öffnen würde. Ich schreibe Mia und Lukas eine Nachricht, aber sie erscheinen nicht online. Ich überlege einen Moment.

Auch von der Konditorei aus gibt es eine Tür, die ins

Treppenhaus führt. Aber in der Konditorei ist gerade sehr viel los und von Mia weiß ich, dass gerade dann ihr Vater nicht will, dass die Konditorei als Hauseingang benutzt wird. Ich blicke erneut auf mein Telefon, aber es hat noch niemand auf meine Nachricht geantwortet. Dann entscheide ich mich für die abenteuerlichere Variante.

Obwohl in letzter Zeit nicht mehr häufig von mir genutzt, gibt es noch einen weiteren Eingang. Diese Hintertür erreicht man über den Hinterhof des Gebäudes, der jedoch noch einmal durch eine Backsteinmauer gesichert ist. Um hinter das Haus zu kommen, muss ich erst zu einem anderen angrenzenden Hinterhof. Ich laufe deshalb hinüber zur Parallelstraße und gelange durch die Toreinfahrt eines dortigen Gebäudes auf den anderen Hinterhof. Dort ist alles ganz still. Ich höre keine rauschenden Gespräche von Gästen der Konditorei mehr, kein Vogelzwitschern und auch keinen Autolärm. Ich blicke nach oben zu den Fenstern der umliegenden Gebäude. Niemand scheint am Fenster zu stehen und nach draußen zu schauen.

Mir gegenüber steht die Backsteinmauer, die die beiden Hinterhöfe voneinander trennt. Die Mülltonnen, mit deren Hilfe man die Mauer erklimmen kann, steht an ihrem Platz. Hinter der Mauer kann ich das obere Ende von Mias Zimmerfenster sehen. Auch wenn die Rollladen ein Stück heruntergelassen sind, kann ich erkennen, dass dort

Licht brennt.

Mia hat ein kleines Zimmer im Erdgeschoss des Geschäfts- und Wohnhauses. Mias Zimmer ist das einzige Zimmer im Erdgeschoss das nicht zur Konditorei gehört. Es grenzt direkt an das Treppenhaus, und hat sonst keine Verbindung zur eigentlichen Wohnung der Familie im oberen Geschoss. Was jedoch nicht bedeutet, dass Mias Zimmer ruhig liegt. Die meiste Zeit tönt das Rauschen der Maschinen im Konditoren-Laboratorium zu ihr hinüber. Und den Rest des Tages kann man die Ereignisse aus dem Wettbüro mitverfolgen, das sich zwar im Haus nebenan, aber trotzdem direkt neben Mias Zimmer befindet. Scheinbar ist es für die Besucher des Wettbüros ein wichtiges Ritual beim Sieg der richtigen Mannschaft gegen die Wände und auf die Tische zu schlagen. Aber jetzt gerade ist hier draußen nichts aus den beiden Häusern zu hören. Seltsam ist es im Nachhinein betrachtet schon, aber ich denke mir einfach nichts weiter dabei.

Als ich Anlauf nehmen will, um mit einem Satz auf den Mauersims zu klettern, schaue ich mich kurz um, ob auch niemand da ist, der mich beobachtet. Obwohl ich schon einige Male hier so „eingestiegen" bin, mache ich mir immer noch Sorgen, ob man mich für eine Einbrecherin halten könnte. Ich will gerade auf die Mülltonnen zustürmen, da fällt mir auf, dass ich diesmal nicht allein unterwegs bin.

Ein Blick auf den Boden zu meiner Linken und ich entdecke Brunos fragende Augen, die sich im nächsten Moment wieder von meinem Gesicht abwenden. Seine schnaufend schnüffelnde Schnauze zeigt etwas Interesse an mir, oder besser gesagt, vor allem an meinen Beinen. Wie bringt man bloß einen Hund dazu, mit einem über eine Mauer zu springen? Das wird schwierig, denke ich, vor allen Dingen, weil ich keine Hundekuchen dabeihabe.

Während ich noch so dastehe und darüber nachdenke, wie ich Bruno am besten über die Mauer befördern könnte, fällt mein Augenmerk auf eine dunkelbraune Holzkiste, die am anderen Ende des Hofes gegen die Hausmauer gelehnt steht. Ich schaue erneut, ob mich niemand aus den Fenstern beobachtet, packe die Kiste, erschrecke vor den aufgeschreckten Kellerasseln und setze die Kiste neben die Mülltonnen. Eine Hundetreppe entsteht.

Noch bevor ich durch das Einnehmen einer Vorbildfunktion Bruno zu einem Sprung auf die Mülltonnen animieren kann, erreicht er bereits leichtfüßig den Mauersims. Ich lasse die Leine los und folge ihm. Als ich oben auf der Mauer ankomme, springt Bruno waghalsig in den Hinterhof von Mias Haus hinein. Wieder folge ich ihm.

Zuerst gehe ich zur Hintertür, aber die ist verschlossen. Ich bücke mich ein wenig und schaue unterhalb der hinuntergelassenen Rollladen durch das hell erleuchtete Fenster von Mias Zimmer. Da aber allerlei Bücher und Kleinkram auf dem Fensterbrett gestapelt stehen, kann ich nicht viel erkennen und klopfe an die Scheibe. Keine Reaktion. Nichts. Ich rufe und klopfe noch einmal. Wieder nichts.

Dann beginnt Bruno plötzlich aufgeregt zu bellen und rennt zur Hintertür hinüber. Da ist jemand! Ich höre, wie der Schlüssel im Schloss gedreht wird und sich die Tür öffnet. Es ist Mia. Etwas aus der Puste und mit ein paar Flaschen in der Hand begrüßt sie mich.

„Bist du schon lange hier draußen? Ich hab gerade von oben was zu trinken geholt und dann hab ich das Bellen gehört. Hattest du schon an der Haustür vorne geklingelt? Hab ich gar nicht mitbekommen. Komm erst mal rein!"

Mias rote Zimmertür liegt direkt neben dem Hintereingang und leuchtet in der düsteren Ecke des Hauses. Als Mia die Tür zu ihrem Zimmer öffnet, leuchtet ein warmer Lichtschwall in den kalten Flur und ich höre einen dumpfen Klang, vielleicht sind es Stimmen.

Jetzt weiß ich, warum auch Lukas nicht auf mein Klopfen reagiert hat. Er sitzt auf dem Boden, den Rücken zum Fenster und hat Kopfhörer auf. Er schaut gebannt auf sein Smartphone. Erst als Bruno wie ein Staubwedel um ihn herumspringt, bemerkt er Mia und mich. Während er den Kopfhörer abnimmt, sagt er „Hey!" zu mir mit einem Lächeln, das sich über sein gesamtes Gesicht zieht.

„Da bist du ja endlich," sagt er, als hätte er jede Sekunde der letzten Stunde damit verbracht, sich zu fragen, wann ich endlich auftauchen würde. Er springt vom Boden auf, um mich zu begrüßen und packt meine Hände: „Du musst mir gleich unbedingt den Grund für dein Grinsen erzählen!"

Dann stürmt er auf Bruno zu und jagt ihn durchs Zimmer. Bruno schnüffelt hektisch an Lukas Händen, befindet die vermutlich frisch gewaschenen Hände für zu langweilig und wendet sich dann mit seiner kalten Nase den Hosenbeinen zu. Mia kommt mit einem voll beladenen Tablett ins Zimmer zurück und stellt es auf dem Tisch vor dem Sofa ab. Lukas lässt sich schnaubend in die Kissen fallen.

„Stöhn doch nicht wie ein alter Mann!", kommentiert Mia seine Interpretation eines nassen Sacks.

„Nein, ach, ich bin ein alter Mann. Heute Morgen hab ich noch gedacht, ich komm als Amöbe zurück", fügt Lukas mit angestrengter Stimme hinzu.

„Was hast du dir denn vorhin so konzentriert angeguckt, als wir reingekommen sind?", frage ich ihn.

„Lukas steht gerade total auf diese Urbexer Videos", erklärt Mia.

Mia sieht meinen fragenden Blick.

„Das sind Videos von Leuten, die verlassene Gebäude erkunden", fügt sie hinzu.

„Aber niemals mit Gewalt irgendwo einbrechen! Das ist ein wichtiger Grundsatz von Urban Exploration", ergänzt Lukas mit erhobenem Zeigefinger.

„Das ist total spannend. Manchmal aber auch traurig. Im Video gerade waren sie in einem verlassenen Haus im Wald. Es war alles völlig verwinkelt und zugestellt. Es lag da noch alles herum: von der Zahnbürste über Bettwäsche und Kleidung bis zu privaten Briefen. Und keiner weiß genau, was dort passiert ist. Aber das Gebäude muss schon Jahre leer stehen."

„Ein großes Thema sind auch immer die Kühlschränke, in denen seit Jahren das Essen verschimmelt", wirft Mia ein.

„Habt ihr das schon mal ausprobiert?", frage ich. „Also das mit dem Erkunden von verlassenen Gebäuden", ergänze ich, als ich merke, dass sich das mit dem Ausprobieren auch auf das verschimmelte Essen beziehen könnte.

„Nein, aber man muss natürlich auch erstmal ein verlassenes Gebäude finden. Und sich vorher gut überlegen, ob das Ganze nicht einsturzgefährdet ist. Keiner will durch die Decke in den Keller fallen. Außerdem muss man in verlassenen Gebäuden immer damit rechnen, auf seltsame Gestalten zu treffen. Vielleicht hat sich dort auch ein Wohnungsloser eingerichtet, der Angst vor dir hat und sich verteidigen will", erläutert Lukas. Er scheint sich schon viel mit dem Thema befasst zu haben.

„Und das schlechteste Ende wäre, wenn das Haus gar nicht verlassen wurde und du dann als Einbrecher im Wohnzimmer von jemandem stehst, der eigentlich entspannt auf dem Sofa abhängen wollte. Ein Haus das verlassen aussieht, muss es noch lange nicht auch wirklich sein", schließt Mia die Aufzählung möglicher Szenarien beim Besuch eines vermeintlich verlassenen Gebäudes ab.

Dann beenden wir unser Gespräch über die Urbexer, denn die Pizza, die Mia mitgebracht hat, riecht herrlich nach Knoblauch. Das erfordert unsere volle Aufmerksamkeit. Ich schnappe mir eine Flasche Cola. Nur ein leichtes Drehen am Deckel ist nötig, da tut die Kohlensäure ihr Übriges und die zuckrig-braune Flut schwappt über mich.

„Das ist der Grund, warum ich mich in der S-Bahn immer weit entfernt halte von Leuten mit Flaschen und von Leuten, die so aussehen, als ob sie gleich kotzen müssen," sagt Mia und wirft mir einen Lappen zu.

Mia ploppt eine Flasche Rotwein auf und bietet mir ein Glas an. Etwas zögerlich greife ich zu und nippe vorsichtig. Dann nehme ich einen etwas größeren Schluck. Ich trinke, schüttele mich, trinke und schüttele mich. Wein ist etwas, das sich nicht entscheiden konnte, ob es süß oder sauer sein wollte und deshalb nichts sagendes Spülwasser blieb. Das ist zumindest meine Meinung. Aber ich weiß, dass diese Meinung von weinexpertisierten Erwachsenen gerne belächelt wird.

Zur Pizza dazu gibt es einen Horrorfilm, der aber nur so nebenbei läuft. Während wir ein Pizzastück nach dem anderen verdrücken, blickt Bruno wie hypnotisiert auf das verbotene Essen, das gemeinerweise auf Schnauzenhöhe liegt. Über den Bildschirm von Mias Laptop flackern die verlorenen Blicke eines lebenden Toten, auf der Suche nach dem, wonach es allen Zombies gelüstet: lebenden Menschen. Sie suchen auch nur Anschluss. Etwas blutigeren Anschluss als der gemeine Durchschnittstyp, aber letztendlich sind auch sie nur auf der Suche nach einem Ort, an dem sie existieren können.

Was soll ich sagen? Seit ich letztes Jahr im Weihnachtsprogramm einen Zombiefilm-Klassiker gesehen habe, lassen mich die Zombiefilme nicht mehr los. Diese Endzeitstimmung und dann immer wieder die Frage: Welcher Ort ist zombiesicher? Großartig! Es hat immer so etwas von der großen Suche nach Geborgenheit.

„Warum gucken wir denn schon wieder einen Zombiefilm zum Essen? Und dann immer wieder diese Großaufnahmen von den fressenden Toten. Zum Essen echt nicht passend", fängt Lukas an zu quengeln.

„Weil Emma gern Zombies mag und mir deine Vampirschnulzen einfach zu kitschig sind", antwortet Mia darauf.

„Aber diese Szenen mit dem Gefresse sind auch nicht so mein Fall", werfe ich ein.

„Aber für einen Großteil der Fangemeinde sind eben genau die ein Element, das nicht fehlen darf", gibt Mia fachkundiger, als ich es für möglich gehalten hätte, zu verstehen.

Im Film geht langsam die Sonne unter. Die noch lebenden Menschen kuscheln sich in dem Gebäude, in dem sie sich verbarrikadiert haben, in ihre Betten. Draußen hört man noch die Zombies leise scharren und dann ist der Tag vorbei.

„Meine Mutter meinte vorhin, morgen soll es richtig schönes Wetter geben," sagt Mia zischend, offensichtlich gerade eine sehr heiße Schicht Käse mampfend.
„Wie wäre es denn mit ein paar entspannten Stunden am See?"

„Also der alte Mann kommt nicht mit. Zu viel Feuchtigkeit schadet den Gelenken!"

„Ich sage nur: Der alte Mann schadet dem Spaß", faucht Mia.

Also verabreden nur Mia und ich uns für den nächsten Nachmittag und machen den Steg an unserem Lieblingsufer als Treffpunkt aus.
Später, auf dem Weg nach Hause, liegt mir das Pizza-Wein-Gemisch noch schwer im Magen. Ich werde langsamer und langsamer und lehne mich schließlich seufzend

an eine Straßenlaterne.

„Ich bin so verliebt, dass die Vögel Französisch singen. Nein, ich bin so verliebt, dass die Vögel Französisch kotzen," denke oder sage ich vor mich hinstarrend.

Mir ist speiübel. Dann macht mir Bruno mit einem Ruck an der Leine deutlich, dass ein Spaziergang nicht zum Herumstehen da ist. Endlich kommen wir in unserer Straße an und ich lasse Bruno bei unseren Nachbarn ins Haus.

Als ich vor unserer Haustür stehe und mal wieder meinen Schlüssel suche, höre ich drinnen ein lautes Dröhnen einsetzen. Offensichtlich hat meine Mutter die Bohrmaschine gefunden. Nachdem ich meinen Schlüssel gefunden habe, schaue ich kurz in der Küche vorbei, wo sie mit Begeisterung das Regal aufhängt. Ich sage Gute Nacht, gehe nach oben und schmeiße mich in mein Bett. Bin ich froh, dass ich nicht im Erdgeschoss schlafen muss. Zumindest halbwegs zombiesicher hier oben.

Kapitel 6

Der Taschenrechner

Irgendwo in einer der brachliegenden Plapperwüsten bemerke ich lockeren Mulm unter meinen Sohlen. Ich komme zu einem fast erloschenen Lagerfeuer. Rund um es herum liegt, kreisförmig angeordnet, eine verhexte Anzahl von Baumstämmen. Scheinbar haben sie den vorigen Besuchern als Bänke gedient. Ich hebe einen Stock vom Boden auf und versuche, mit Hilfe umherflatternder Zeitungen, das Feuer neu zu entfachen.

Meine Bemühungen zeigen keinen Erfolg. Aber während ich die Asche beiseiteschiebe, kommen mehrere zusammengeheftete Zettel zum Vorschein. Besser gesagt: Das, was von ihnen noch übrig ist. Nur eine Seite hat die Flammen überlebt und ich kann die Schrift trotz der angekokelten Ränder entziffern:

„Mit einem Mal waren sie damals da, die Gedanken, die alles veränderten. Ich denke es ist an mir, zu entscheiden, nach welcher der Realitäten ich leben möchte. Fragt sich nur, ob sich die einmal erlebte Realität jemals auslöschen lässt. Auch wenn sie nur für wenige Minuten eine hundertprozentige Realität war. Aber seitdem lebe ich in mehreren Realitätsschichten. Ich liebe Gedanken, sicher. Denn sie können Dinge, die auf den ersten Blick so schlicht erscheinen, tief und tief und tiefer werden lassen. Nur eben manchmal auch so tief, dass ich mich selbst in ihnen verliere."

Ich strecke und schüttle meinen verspannten Körper und lasse die Seite in meine Tasche wandern. Ich verlasse das nun völlig erloschene Lagerfeuer und gelange zu einer schuttbeladenen Halde, die von der Dunkelheit in eine bizarre Kraterlandschaft verwandelt wird. Mit geschlossenen Augen fließe ich den Abhang hinunter. Die grimassenverhangene Luft wird von schallenden Echos erdrückt.

Das schrecklich grausame Brummen des Weckers reißt mich aus dem Traum und aus einem großartigen Schlaf. Um mich selbst zu überlisten, habe ich den Wecker in das Regal auf der anderen Seite des Zimmers gestellt. So muss ich erst aufstehen, um den Wecker zum Schweigen zu bringen. Ich kann nicht einfach eine Hand zum Nachttisch ausstrecken, um einen Wecker oder das Handy auszuschalten und dann wieder einzuschlafen. Ich springe also aus dem Bett, stolpere zum Regal hinüber und schlage einmal kurz auf den Wecker. Dann schmeiße ich mich wieder ins Bett und ziehe die Bettdecke über den Kopf.

Meine Augen werden wieder schwerer und schwerer. Bloß nicht wieder einschlafen in diesem warmen Bett, denke ich. Langsam werden meine Gedanken wacher und tasten sich an die Tagesplanung heran. In der ersten Stunde haben wir Mathe. Schon wieder! Wer hat sich nur diesen Stundenplan ausgedacht?

Die Zimmertür knarrt. Meine Mutter schaut durch die Tür: „Bist du schon wach?" Ich gebe ein „Ja" von mir und schmeiße schließlich die Bettdecke zur Seite, um mich mit einem Ruck von der Morgenkälte töten zu lassen. Es ist an der Zeit, ernst zu machen und aufzustehen.

Kurz bevor es Zeit für mich ist, zur Schule aufzubrechen, merke ich, dass ich meinen Taschenrechner noch nicht eingesteckt habe. Und der ist für den Mathematikunterricht unentbehrlich. Erfahrungswerte zeigen, dass man mit einem nicht vorhandenen Taschenrechner die Aufmerksamkeit des Lehrers gnadenlos auf sich zieht. Dies wiederum hat zur Folge, dass man beim Besprechen der Hausaufgaben mit Vorliebe zu Rate gezogen wird. Und meine Hausaufgaben wollen nicht vorgetragen werden. Da bin ich mit meinen Hausaufgaben einer Meinung.

Ich krame in allen Schubladen, aber nirgendwo finde

ich das Ding. Ich hatte ihn doch gestern noch! Eigentlich muss er auf dem Schreibtisch liegen, aber das tut er nicht. Ich hasse es, wenn ich Sachen nicht finden kann. Ich kann spüren, wie die Wut langsam in mir hinaufkriecht und meine Finger zu Krallen werden. Meine Krallen wühlen wild in allen Ecken meines Zimmers. Stampfend gehe ich die Treppe hinunter.

Unten schüttet meine Mutter Onkel Georg gerade einen Kaffee ein. Onkel Georg grinst mich an und mir wird klar, dass ich meinen Taschenrechner im Garten schätzungsweise 20 cm unter der Erdoberfläche suchen muss.

Das sind die Momente, in denen ich mich zusammenreißen muss. Ich hätte ihn am liebsten angemault. Aber ich weiß, dass Onkel Georg die Dinge im Garten nicht vergräbt, um mich zu ärgern. Mit ihm zu leben, kann trotzdem sehr anstrengend sein. Ich schlucke die Wut hinunter, greife nach dem Spaten und gehe in den Garten.

Bevor ich zu graben beginne, suche ich mit umherschweifenden Blicken nach frisch aufgeworfener Erde. Das ist gar nicht so einfach, da Onkel Georg die Beete fast täglich einmal komplett umgräbt. Frisch aufgeworfene Erde ist also fast überall zu finden.

Was mir jedoch sofort ins Auge fällt, ist, dass die Kieselsteine, die für gewöhnlich am hinteren Ende des großen Beetes liegen, nun einen Hügel auf dem Rasen bilden. Ich gehe nicht zu den Kieselsteinen, sondern zu der Stelle des Beetes, die sonst von den Steinen bedeckt ist und beginne zu graben. Nachdem das Loch in der Erde bereits eine beträchtliche Größe erreicht hat und noch immer nichts zum Vorschein kommen will, wird mir klar, dass ich meinen Taschenrechner hier nicht finden würde. Daraufhin gehe ich zu dem Kieselsteinhaufen, räume ihn beiseite und bemerke, dass darunter kein Gras mehr ist. Ich buddele wieder und ziemlich schnell stoße ich auf etwas. Nach ein wenig Hin- und Hergewühle bekomme ich einen flachen, glatten Gegenstand zu packen und ziehe ihn mit einem Ruck aus der Erde heraus.

Leider ist es nicht mein Taschenrechner. Es ist eine zerknitterte Klarsichthülle. Darin befinden sich einige handgeschriebene Zettel. Sie sehen wie Briefe und ziemlich alt aus. Schon sehr interessant, aber um mich damit zu beschäftigen, habe ich keine Zeit. Die Mathestunde ruft mich.

Wo ist denn nur der verdammte Taschenrechner? Ich gehe ein letztes Mal in mein Zimmer hoch, um einen letzten Blick in die Schublade meines Schreibtischs zu werfen. Und was liegt da? Unübersehbar? Der verdammte Taschenrechner! Ich schnappe ihn mir und stopfe anstatt dessen die Briefe aus dem Garten in die Schublade. In der Küche werfe ich einen letzten Blick auf die Uhr: noch nicht zu spät, um noch pünktlich zu sein! Dann gehe ich aus dem Haus.

Als ich am Fahrradschuppen vor der Schule vorbeilaufe, merke ich, dass ich doch zu spät dran bin. Niemand ist mehr zu sehen. Scheinbar sitzen alle anderen schon brav auf ihren Stühlen im Unterricht. Plötzlich zieht ein Windstoß an mir vorbei. Es ist Frau Müller, die gerade ihrer Gewohnheit, zu spät zu kommen, nachkommt und mit einem geträllerten „Morgen. Nur nicht wieder einschlafen!" an mir vorbeisaust. Ob sie das zu mir oder sich selbst sagte, ist mir nicht ganz klar.

In der Eingangshalle ist alles still. Nur im Treppenhaus hört man noch den ein oder anderen über die Stufen poltern. Ich schleppe mich am Geländer entlang die Treppe nach oben. Gerade so sehe ich noch den Zipfel einer schwarzen Jacke, die mir bekannt vorkommt. Und dann ... Rumms! Die Person, die über die Stufen poltert, ist Paul. Sein Oberarm rammt mit voller Wucht meine Schulter. Während ich sehe, wie er die Treppe weiter nach unten stürmt, hauche ich ein „Tschuldigung" in die Luft. Ich entschuldige mich doch tatsächlich dafür, dass er mich angerempelt hat und renne die Treppen weiter nach oben. Chancen sollte man halt ergreifen, wenn sie sich einem bieten. Ach, das Leben kann ja so einfach sein. Grrr!

Völlig außer Atem komme ich vor der Tür des Klassenzimmers an. Ich hole tief Luft und betrete den Raum. Als mich die circa 30 bereits anwesenden Augenpaare anstarren, habe ich auch gleich eine unglaublich originelle Erklärung für meine Verspätung parat: „Ich hab verschlafen".

„Ach, Emma", sagt mein Mathelehrer Herr Grauwald. „Schön, dass du da bist. Du kannst gleich hier vorne bleiben und uns deine Lösung für die Hausaufgaben präsentieren."

Wer zieht im Matheunterricht noch mehr Aufmerksamkeit auf sich, als jemand, der keinen Taschenrechner dabeihat? Doch nicht etwa jemand, der zu spät kommt, oder? Man kann noch so viel planen und im letzten Augenblick kommt doch noch was dazwischen.

„Du brauchst doch nicht sofort so blass zu werden. War doch nur ein Scherz. Setz dich erstmal."
Herr Grauwalds Humor ist mehr als grenzwertig. Keineswegs ist das als lustig zu bezeichnen, aber Mia lächelt trotzdem, als ich mich neben sie setze.

„Na, gut geschlafen?", flüstert sie mir zu.

Sie ist auch ein Sonnenschein-Kind, das schon früh am Morgen abläuft wie ein Wecker, genau wie meine Mutter. Und genau das hilft mir jedes Mal dabei, diese eine Stunde Mathe am frühen Morgen zu überstehen.

Nachdem ich stolz meinen Taschenrechner gut sichtbar auf dem Tisch positioniert habe, schlägt die Erinnerung bei mir ein. Der Moment auf der Treppe! Ich muss kurz meine Augen schließen. Das Bild von Paul und mir im

Treppenhaus lässt mich nicht in Ruhe. Wieder und wieder stelle ich mir vor, was ich hätte sagen und tun können. Erst nach einer gefühlten Ewigkeit kommt mir ein interessanter Gedanke: Warum hat er sich eigentlich nicht entschuldigt? Er hat mich doch angerempelt! Nicht ich ihn. Was für ein mieses Verhalten!

Dann fließt all meine Ärger schon wieder mit einem Seufzer davon. Ich schließe meine Augen erneut und kann seine Augen sehen. Sie glänzen in seinem Gesicht, das aussieht wie in Kaugummi gehauen. Und da ist er wieder! Der Schauer, der aus meinem Magen durch meinen Hals zu meinem Gesicht aufsteigt und es zum Glühen bringt.

Ich sitze mit meinem Körper zwar artig auf meinem Stuhl im Mathematikunterricht, aber meine verliebten Gedanken hängen in einer anderen Ecke des Raumes an der Decke ab. „Hey, Hallo!", rufe ich hinüber. Aber sie drehen sich nur einmal kurz zu mir um, mustern mich irritiert und drehen mir wieder den Rücken zu. Mein Kopf ist leer! Meine Gedanken haben mich ausgeschlossen.

„Augen auf!", flüstert Mia und tatscht mit ihrer Hand und einem Grinsen auf meinem Oberarm herum. Es ist an der Zeit, der Wahrheit des Mathematikunterrichts ins Auge zu sehen.

Nach der letzten Unterrichtsstunde des Tages schlendern

Mia und ich noch hinunter zum Getränkeautomaten in der Eingangshalle unserer Schule. An der Tür vor der Glaswand, die das Treppenhaus und die Eingangshalle voneinander trennt, steht eine Gruppe von Mädchen. Es sind Freundinnen von Paul, das weiß ich. Ich habe sie in der Pause schon oft zusammen reden und lachen sehen. Ich kann sie nicht leiden, denn jedes Mal, wenn ich an ihnen vorbeigehe, fangen sie an zu kichern. Haben die nichts Besseres zu tun, als sich ständig über jeden und alles lustig zu machen? Bevor mein Onkel dement wurde, hat er immer gesagt: „Wer sich über andere lustig macht, der hat einfach nur ein langweiliges Leben." Und noch ein Rat, den er mir mit dieser wissenden Stimme immer wieder gab: „Egal welche Krankheit jemand hat, wir sind alle Menschen und keiner ist besser als der andere."

Warum nur hat er das damals ständig wiederholt? Und ohne es zu merken, bin ich wieder einmal in meinen Gedanken abgetaucht und werde von Mia mit einem Stoß in die Seite wachgerüttelt. Es ist ein Wunder, dass ich dort noch keine blauen Flecken habe.

„Fährt deine Mutter morgen nicht mit Carla weg?", fragt mich Mia, während sie ihre Blicke über die überschaubare Getränkeauswahl im Automaten gleiten lässt.

„Ja, stimmt! Wann hab ich dir das denn erzählt?"

Manchmal habe ich das Gefühl, dass Mia mehr über meine Familie weiß als ich selbst.

„Du nicht, aber deine Mutter. Und denk dran: Morgen Abend ist auch die Party bei Tobias. Du kommst doch mit, oder?"

Lydia aus der Parallelklasse schreit plötzlich Mias Namen und winkt sie hektisch zu sich hinüber.

„Wir sehen uns um 3 am Seeufer," ruft Mia mir noch zu und ist weg.

Kapitel 7

.

Wie von einem Sog gepackt, rase ich auf einen lichtgieri-
gen Fluchtpunkt zu. Rote Laser, weißes Neon, blaue
Schweife, gelbe Flecke, blank polierte Farbensprenkler. Sie
stapeln sich, fügen sich ineinander, streifen sich, berühren
sich flüchtig, biegen sich, formen einen Tunnel und ich
fliege über, neben und unter ihnen her. Die körnige Zeit
schmilzt im Ofen dahin und zerfließt über Köpfen die tak-
tisch nicken.

Der Traum ist aus. Als ich am Nachmittag aus dem kurzen
Schlaf wieder erwache, schaue ich zunächst aus dem Fenster. Der Himmel ist grau und hier und da schimmert es
weiß. Vögel rufen sich zwitschernd ihre Namen zu und als
ich nach unten auf die Straße schaue, sehe ich Mona, die
mit einem türkis-weißen Tuch um ihren Kopf gewickelt
gerade nach Hause kommt. „Brustkrebs!", sagt mein

Onkel, der hinter mir am Fenster steht. Ich erschrecke kurz, weil ich gar nicht bemerkt habe, dass er ins Zimmer gekommen ist. Eine Sekunde später läuft er schon wieder zur Zimmertür hinaus.

Ich schaue auf die Uhr. Es ist halb 3. Mit dem Fahrrad brauche ich 15 Minuten zu Mias und meinem Treffpunkt am Seeufer. Ich packe alles zusammen: Decke, Trinken, Essen und schnappe mir mein Fahrrad. Ich blicke zum Himmel. Es sieht aus, als könnte sich der Himmel nicht entscheiden, ob er eher auf Grau oder auf Blau steht. Als ich in die lange Straße einbiege, die durch den Wald zum See führt, kommt die Sonne wieder deutlicher zum Vorschein. Es wird wieder wärmer. Zum Glück, denn ein Nachmittag am See, ohne Sonnenschein könnte nur ungemütlich werden.

Als ich am Ufer ankomme, ist von Mia noch nichts zu sehen. Der von einem grünen Urwald umzäunte, kleine Sandstrand ist völlig leer. Ich schaue kurz auf mein Handy: Mia hat geschrieben, dass sie es fast pünktlich schafft. Ich gehe auf den Steg, der weit ins Wasser hineinreicht und breite auf den Planken am Ende die Decke aus. Ich hocke mich hin und blicke hinaus aufs Wasser. Alles ist still, selbst die Vögel höre ich kaum zwitschern. Von hier aus kann man auch den Katzenberg sehen, aber die Ruine bleibt hinter den Bäumen versteckt.

Ein leichter Wind weht. Das Rauschen in den Bäumen, die den See wie einen Gürtel umschließen, wird immer lauter. Ich sitze noch immer in der Hocke und langsam staut sich das Blut in meinen Beinen. Meine Füße beginnen zu kribbeln und ich stehe auf. Während ich noch denke „Das war wohl etwas zu schnell", zieht sich ein trüber Schleier vor meinen Augen zusammen. „Jetzt bloß nicht ins Wasser fallen", gebe ich als Kommando an meinen Körper, der nicht mehr so recht tun will, was ich verlange. Mein Körper gibt immer mehr nach, bis ich schließlich die harten Planken des Stegs gegen meine Rippen prallen spüre.

Bam! Bam! Bam! Ein lautes Poltern trommelt durch die Gegend, als ich wieder zu mir komme. Ich schaue mich um und das Erste, was ich sehe, sind zwei große Augen, die mich anstarren. Es ist Mia, die mich erstmal kräftig schüttelt.

„Alles Okay bei dir? Ich hab nur gedacht: Fall bloß nicht ins Wasser."

Mia hält mir eine Flasche Wasser vor die Nase.

„Trink erst mal was!"

„Alles in Ordnung, ich bin nur ein bisschen zu schnell aufgestanden. Niedriger Blutdruck!"

Nachdem Mia mir noch einmal ausführlich von ihrer Schrecksekunde erzählt hat, weiß ich: Aus der Entfernung hat meine Ohnmacht wohl so ausgesehen, als ob ich sterben müsste.

Mia und ich legen uns auf unsere Decken und starren in den Himmel. Die Sonne kommt immer mehr zum Vorschein und funkelt auf dem Wasser. Während ich eine Pfütze Sonnencreme in meinem Gesicht verteile, lugt Mia über den Steg hinaus und stecke einen Fuß in das Wasser.

„Kalt, aber nicht zu kalt", schnaubt sie, springt aus ihren Klamotten und in das nicht zu kalte Wasser.

„Allein im See zu schwimmen, ist nicht so spannend! Komm schon rein!", ruft sie mir zu. Dann spüre ich eine kalte Hand an meinem Arm, die versucht mich ins Wasser zu ziehen. Ich kralle mich am Steg fest.

„So kalt ist es doch gar nicht. Komm schon", bettelt Mia.

Ich habe noch immer meine Hose und ein T-Shirt über den Badeklamotten an. Ich sträube mich zunächst weiter. Da erwischt mich ein Sonnenstrahl mit voller Wucht und schwächt meinen Widerstand. Schließlich platsche ich zu Mia ins Wasser. Meine Kleidung kann ich auch später wieder trocknen.

Als ich im See eintauche, scheint das warme Sommerwetter wieder weit entfernt zu sein und mein Atem stockt vor Kälte.

„Beweg dich, sonst bist du gleich ein Eisberg", ruft Mia mir zu und versucht mich mit Kniffen in meinen Bauch zu mehr Schwimmzügen anzustacheln.

„Ich bin schon ein Eisberg", sage ich zähneklappernd und schwimme so schnell es geht auf die Leiter zu, die aus dem Wasser auf den Steg führt. Mia folgt mir, bleibt noch einen Moment länger im Wasser, aber auch sie fängt langsam an zu bibbern.

Auf dem Steg ziehe ich meine triefenden Klamotten aus und verteile sie zum Trocknen auf den Holzplanken. Kurze Zeit später sitzen wir gemeinsam mit blauen Lippen, dicht aneinander gedrängt unter einer Wolldecke auf dem Steg.

„Seltsam", sagt Mia und unterbricht damit unser gemeinschaftliches Zittern.

„Was ist seltsam?", frage ich etwas verunsichert.

„Das Wort ,seltsam' ist seltsam. Nein, Quatsch, ich meine, es ist seltsam, dass alle irgendein Schauermärchen über die Ruine da oben auf dem Berg zu erzählen haben, aber keiner ist jemals selbst dort oben gewesen", erklärt sie.

„Wir könnten ja mal nachgucken gehen, wie es da oben so aussieht und ob überhaupt noch etwas von dem Gebäude steht", schlage ich vor.

„Ich hab das sogar schon mal versucht. Aber über die Straße, die früher einmal hinaufgeführt hat, kommt man nicht mehr dort hin. Es soll einen Erdrutsch gegeben haben. Die Straße ist jetzt jedenfalls völlig blockiert. Ich war damals mit Jan und Lina da und wir haben versucht, einen anderen Weg hinauf zu finden."

„Und, habt ihr was gefunden?"

„Nein, natürlich nicht. Es ist unglaublich! Aber die Ruine ist abgesichert wie eine Festung. Um den ganzen Berg liegt ein Gürtel aus steilen Abhängen und Felswänden."

„Und die Straße, die mal nach oben geführt hat? Seid ihr die bis zum Erdrutsch hoch gegangen?"

„Zumindest den Teil, der von ihr übrig ist. Es ist auch keine richtige Straße, sondern mehr ein Waldweg, der mittlerweile von Bäumen und Sträuchern zugewuchert ist. Irgendwann läuft man dann nur noch auf eine steile Wand aus Erde und Geröll zu. Kein Weg führt daran vorbei. Das Gebäude liegt völlig abgeschieden und unerreichbar. Wer weiß, wie lange niemand mehr dort gewesen ist."

„Das macht das Ganze ja noch spannender", kommentiere ich.

„Das stimmt, aber trotzdem stell ich mich da nicht mit einer Schaufel hin und grab die Straße frei.", sagt Mia, während sie ihren Teil der Wolldecke von sich wirft und eine imaginäre Schaufel wild durch die Luft wirbelt.

Plötzlich erstarrt Mia, dreht sich in einem Ruck zu mir und fragt mich mit einem verzogenen Grinsen: „Weißt du was noch seltsam ist?"

„Nein, vielleicht, dass du es trotz deiner inneren Unruhe schaffst, in der Schule immer wieder 45 Minuten am Stück still zu sitzen?", gebe ich von mir, während Mia mich noch immer mit ihren funkelnden Augen fixiert.

„Guter Gedanke, aber ist es nicht die Liebe, die wirklich seltsam ist?", säuselt Mia mit einer theatralischen Stimme und Gestik, während ihr Lächeln zu einem Gelächter explodiert.

„Ach nein, wirklich?", sage ich und weiß, was jetzt kommen würde.

„Da ist es wieder, dieses Lächeln in deinem Gesicht. Und ich weiß auch wer dafür verantwortlich ist. Es ist Paul, oder? Sobald der in der Nähe ist, bist du immer so ein zitternder Wattebausch,", trägt sie ihre Beobachtungen voller Stolz vor.

Ich gebe die Buchstaben J und A von mir. In welcher Reihenfolge weiß ich nicht mehr. Ich fühle mich ertappt und bin gleichzeitig froh, dass ich endlich mit Mia reden kann.

„Ich wusste es!", triumphiert Mia. „Und weißt du auch, wer morgen Abend zu Tobias Party kommt?", fragt sie mich weiterhin mit erhobenem Zeigefinger triumphierend. Dann kommt sie mit ihrem Gesicht ganz nah an meins und sagt: „Ja, genau: Paul!" Dann klatscht sie mir zur Gratulation auf die Schulter. Herzlichen Glückwunsch! Sie haben die Möglichkeit gewonnen, sich morgen Abend zum totalen Affen zu machen!

Von der Nachricht war ich überwältigt. Ich liebe sie für das, was sie da gerade gesagt hat. Aber gleichzeitig bemerke ich den Aufruhr in mir. Ich kann mich nicht so richtig für ein Gefühl entscheiden. Soll ich mich freuen? Oder vor Panik den Kopf im Sand vergraben? Ich blicke in mich hinein. Mein inneres Ich mustert ein Gefühlskostüm nach dem anderen und wirft eins nach dem anderen über seine Schulter. Nichts scheint dem Anlass entsprechend zu sein. Also tobt mein nacktes Ich planlos durch meinen Körper und hüpft so lange auf meinem Magen herum, bis die Vogelfalter wieder heftig mit den Flügeln schwingen.

„Hallo, bist du noch da?", stupst Mia mich fragend an.

„Woher weißt du denn, dass er kommt? Hast du mit ihm gesprochen?"

„Ich habe da so meine Quellen. Schulhofkontakte eben. Und weil ich dich gern hab, hab ich mich da mal so ganz unauffällig erkundigt."

„Erkundigt? Was soll das denn heißen? Denken jetzt etwa alle ich bin in Paul verliebt?"

„Keine Panik, Emma! Keiner denkt sich irgendwas und wenn doch, dann ist es auch egal. Du solltest dich jetzt einfach mal auf morgen Abend freuen. Und jetzt erzähl erstmal! Wie lange geht das denn jetzt schon?"

Und dann erzähle ich ihr von dem unglaublichen Moment, den ich in der wundervollen Zwischenwelt, von Plexiglasscheibe und Getränkeautomat erlebt habe. Und während ich so erzähle, beginnt alles viel realer zu werden. Es ist kein Traum. Paul gibt es wirklich und morgen würde ich ihn auf der Party treffen.

„Und was ist, wenn ich ihn morgen anspreche und er noch nicht mal mit mir reden will? Oder er sich über mich lustig macht?"

„Dann bist du mutig gewesen und er ist ein blöder Arsch! Aber das wird schon nicht passieren. Lächle ihn mal an und guck, wie er reagiert."

„Das kann ich nicht. Sobald er in der Nähe ist, bin ich nur noch aufgeregt. Da werde ich bestimmt rot!"

„Das ist doch nicht so schlimm. Dann wirst du halt rot! Das kann doch auch ganz sympathisch wirken. Außerdem hab ich mal gehört, das Wichtigste beim Umgang mit dem Rotwerden ist, dass es einem egal werden muss, was irgendwer denken könnte."

„Das klingt so einfach."

„Ja! Genau! Das ist es! Scheiß drauf, was die anderen denken!"

„Das sagst du so einfach. Letztens saß ich in der Pausenhalle und hab mitbekommen, wie sich zwei Typen über ein Mädel in ihrer Klasse lustig gemacht haben. Sie ist wohl irgendwann rot geworden, als sie etwas im Unterricht erzählt hat. Seitdem provozieren sie sie scheinbar ständig so lange, bis sie wieder rot wird und am besten auch noch heult. Sie wird rot und dann wird erst mal laut gegrölt. Die stehen total drauf, dass ihr das peinlich ist."

„Das ist ja eine nette Geschichte. Und natürlich sind das Ärsche. Aber der armen Maus muss eben egal werden, was die Ärsche über sie denken. Dann wird sie auch nicht mehr rot. Solche Machtspielchen wird es immer geben, solange es Menschen gibt."

Kapitel 8

Als ich am Abend ins Bett falle, versinke ich in meiner Matratze und schlafe sofort ein. Ich habe einen wunderschönen Traum von einem Felsenland, das droht vom blauen Himmel erschlagen zu werden. Aber der Traum dauert nicht lang. Ich schlafe nur kurz. Mitten in der Nacht fahre ich in meinem Bett hoch und starre hellwach in die Dunkelheit. Ich knipse meine Nachttischlampe an und mein Bett wird in ein warmes orangenes Licht getaucht.

Ich denke zurück an das Felsenland aus meinem Traum. Und an den funkelnden Wasserfall hinter den ich dort gewandert bin. Der Wasserfall fiel eine hohe Felswand herab, auf der sich ein weicher, grüner Moosteppich ausgebreitet hatte. Und dort hinterm Wasserfall sind zwei sich liebende Spinnen mit ihren sechzehn ineinander verwirbelten Beinen über das Bett aus Moos gerollt. Irgendwo über ihnen leuchtete ein Regenbogen.

Das mit den Spinnen war, wie ich finde, schon auch ein bisschen eklig. Aber auch ein bisschen niedlich. Wären es nicht zwei Spinnen gewesen, dann hätte ich von diesem ganzen romantischen Anblick bestimmt kotzen müssen. So schnulzig kann das alles in Wirklichkeit nicht sein. Ich habe zwar nur eine vage Vorstellung von dem, was Sex eigentlich ist, aber er kann doch unmöglich etwas mit dieser abstrusen Märchenwelt zu tun haben.

Das Thema Sex bringt mich wiederum zum Thema Paul. Ich falle zurück in mein Kissen und kann nicht mehr einschlafen. Ich wälze mich hin und her. Ich bin zu wach zum Schlafen und zu müde, um etwas anderes zu tun. Paul taucht vor meinen geschlossenen Augen auf. „Nicht schon wieder Paul", denke ich. „Verschwinde doch endlich aus meinem Kopf", grummle ich. Langsam bin ich genervt. „Verpiss dich", brumme ich etwas lauter, als ich zuvor gegrummelt habe. Ein erlösender, ablenkender Gedanke kommt in mir auf: Irgendwas anderes war da doch noch. Irgendwas habe ich vergessen.

Ich grüble hartnäckig. Dann fällt es mir ein: Die Briefe, die ich am Morgen im Garten gefunden habe! Sie liegen ja noch immer in der Schublade in meinem Schreibtisch. Mit einem Schlag bin ich hellwach und öffne die Schublade. Ich nehme die Klarsichthülle, in der die Briefe stecken, heraus und lege mich wieder zurück in mein Bett. Den Inhalt der Hülle schütte ich auf meine Bettdecke. Zwischen den Papieren finde ich ein vergilbtes Foto, auf dem drei Männer zu sehen sind. Es ist etwas verschmutzt und leicht eingerissen, aber insgesamt noch gut erhalten.

Die Männer auf dem Foto stehen nebeneinander in einem Garten und im Hintergrund kann man einen Schuppen mit einer Bank davor und einen großen Erdhügel erkennen. Der Mann der ganz links steht, zieht direkt meine Aufmerksamkeit auf sich. Er hat etwas Vertrautes. Und der Mann ganz rechts? Der kommt mir eindeutig bekannt vor. Das ist vermutlich Onkel Georg, als er noch viel jünger war. Jedenfalls besteht eine große Ähnlichkeit zwischen den beiden. Der Mann in der Mitte sagt mir gar nichts und sieht auch so aus, als wolle er geheimnisvoll wirken. Er starrt mit stechendem Blick in die Kamera und in seinen Mundwinkeln, hat sich ein Lächeln versteckt.

Ich schaue auf die Rückseite des Fotos. Da steht nur noch schwer zu entziffern: Elmar, Gustaf und Georg. Nach dieser Aufzählung ist zu vermuten, dass Georg tatsächlich der Mann ganz rechts außen ist und Gustaf, der Mann in der Mitte. Der Mann, der mir so vertraut erscheint, müsste dann Elmar sein. Der Name sagt mir nichts. Ein Datum fehlt auf der Rückseite des Fotos. Ich lege es zur Seite und schnappe mir die Briefe.

Der erste Zettel:

Bester Georg,

da ich Dich zu Hause nicht antreffen konnte, hinterlasse ich Dir diese kurze Nachricht. Ich war heute oben bei Gustaf und wir haben noch einmal gemessen, wie weit wir vom Durchbruch entfernt sind. Ich kann Dir die freudige Mitteilung machen, dass das Tunnelsystem fast fertig ist. Unglaublich, aber wahr: Bald haben wir es geschafft! Dann sind alle Häuser miteinander verbunden. Und Gustafs Erzvorrat wächst noch immer. Wir sind heute auf eine neue Ader gestoßen. Du siehst: Unser Projekt und Gustafs Traum werden Wirklichkeit.

Gruß

Elmar

DER ZWEITE ZETTEL:

Mein lieber Georg,

wie Du weißt, suche ich nach einem geeigneten Ort, an dem ich leben und arbeiten kann. Der perfekte Ort scheint gefunden zu sein. Ich war heute unterwegs, um noch einmal das Anwesen zu begutachten, das wir schon seit längerem im Auge haben. Und ich fand mehr als das, wonach ich gesucht habe. Ein ganz besonderes Erz scheint dort Untertage reichhaltig vorhanden zu sein. Ein Erz, das uns dreien als Geschäftspartnern zu großem Erfolg verhelfen könnte. Auch der Abbau des Erzes wird uns durch gewisse Umstände erleichtert werden. In der Nähe des Hauses befindet sich der Eingang zu einem alten Bergwerksstollen. Es geht zwar tief hinab, aber ich habe den Stollen schon ein Stück weit erkunden können. Es scheint ein weit verzweigtes Netz aus Tunneln zu sein. Wir sollten die Tunnel, die von Deinem und Elmars Haus wegführen, an das Tunnelsystem anschließen. Wir sollten uns dringend treffen, um alles Weitere zu besprechen. Ich werde das Anwesen in den nächsten Tagen versuchen zu ersteigern und setze danach auf eure Mithilfe.

In Freundschaft

Gustaf

Der dritte Zettel:

Georg,

warum meldest Du Dich nicht? Alles scheint aus dem Ruder zu laufen. Ich war vorhin oben bei Gustaf. Seit Noras Tod wird er immer unnahbarer für mich. Ich war oben, aber ich habe ihn nur durch die Fensterscheibe gesehen. Er sagt, er will, dass wir ihn in Ruhe lassen. Er hasst diese Stadt mehr als alles andere. Er sagt, die Stadt habe Nora getötet. Diese Stadt sei ignorant und sehe nur, was sie sehen will. Eine Welt in der Kugel. Und je mehr ich darüber nachdenke, muss ich sagen: Er hat recht. Diese Stadt ist ein Rattenloch.

Nora war meine Schwester. Der wichtigste Mensch in meinem Leben. Und weil diese Stadt an ihrer Scheinheiligkeit zu ersticken droht, musste sie sterben?! Ich weiß es nicht. Aber nichts ist mehr so, wie es einmal war, zwischen Dir, Gustaf und mir. Und es wird auch nie wieder so sein. Aber eines ist klar: Wenn wir unsere Existenz sichern wollen, dann müssen wir Gustaf wieder zur Vernunft bringen. Von ihm und seinem Werk hängt auch unsere berufliche Zukunft ab.

Mit besten Grüßen

Dein Freund Elmar

Nachdem ich alles gelesen habe, bemerke ich, dass ich mit offenem Mund ins Nichts starre. Was hat das zu bedeuten? Was zum Teufel liegt da in der Vergangenheit meines Onkels begraben? Wer waren Elmar und Gustaf? Die Namen hat Georg noch nie erwähnt. Und das, obwohl die drei doch scheinbar enge Freunde und Geschäftspartner gewesen sind. An was für einem Projekt haben sie zu dritt gearbeitet?

Ich grübele hin und her und lese alles noch einmal. Hellwach überfliege ich die Briefe immer wieder und versuche einen Hinweis zu finden. Einen Hinweis, dem ich folgen kann, um das Geheimnis zu lüften.

Immer wieder bleibe ich bei dem Abschnitt über das geplante Tunnelsystem hängen, über das Elmar und Gustaf in ihren Briefen schreiben. Sie haben geplant, die Häuser von Elmar, Georg und Gustaf über Tunnel miteinander zu verbinden. Das Tunnelsystem würde dann auch noch an einen weiteren Ort führen, der aber nicht genau genannt wurde. Oder verstehe ich da etwas falsch?

Ich überlege einen Moment und stelle fest, dass Georgs Haus von damals, auch das Haus sein muss, in dem wir jetzt wohnen. Der Tunnel muss also hierhergeführt haben. Hierher zu unserem Haus! „Und vielleicht könnten wir die Tunnel, die von deinem und Elmars Haus wegführen, an das Tunnelsystem anschließen" steht in dem Brief. Die Frage ist: Gibt es den Tunnel immer noch? Und wenn ja, wo ist der Eingang? Gedanklich wandere ich durch unser Haus und unseren Garten. Wo könnte sich der Zugang zu den unterirdischen Gängen verbergen?

Unter dem hinteren Teil des Hauses befindet sich der Kellerraum, der sich aber nur unter einem kleinen Teil des Erdgeschosses erstreckt. Und dieser Kellerraum ist von oben bis unten mit Beton ausgekleidet. Wenn es dort einmal einen Zugang zu dem mysteriösen Tunnelsystem gegeben haben sollte, dann ist er längst zugemauert und abgeriegelt worden.

Es ist mir egal, dass es 3 Uhr morgens ist und ich in ein paar Stunden zur Schule muss. Wenn es hier irgendwo einen Geheimgang gibt, dann will ich das jetzt wissen. Trotz aller Aussicht auf einen Misserfolg gehe ich also hinunter, um im Keller nach einer Tür, einer Klappe, oder auch einfach nur einer auffälligen Stelle zu suchen.

Die Fliesen der Kellertreppe sind eiskalt und ein Windzug kriecht durch meine flatternde Schlafanzughose an meinen Beinen entlang nach oben. Klack macht es, als ich den uralten Lichtschalter nach oben klappe und das quadratische Betonverließ in grelles Neonlicht getaucht wird.

Ich schaue mich um. Waschmaschine, Trockner und Tiefkühltruhe stehen in einer Reihe an der linken Wand, in der oben ein kleines Fenster eingelassen ist. An den anderen Wänden drängen sich die klapprigen Holzregale aneinander, in denen sich Gartenkrempel, alte Elektrogeräte, Konserven, Einmachgläser und andere Lebensmittel türmen. Ich laufe von der einen Ecke in die andere und untersuche den Boden. Der Boden ist überall gleichmäßig fest und eben und hat auch keinerlei Verfärbungen. Das gleiche gilt für die Wände. Ich blicke auch hinter die Waschmaschine, den Trockner und die Kühltruhe, aber außer Spinnweben, Schläuchen und Kabeln ist da nichts zu sehen. In der Mitte des Fußbodens liegt ein Abfluss, der mit einem kleinen Gitter abgedeckt ist. Sollte es so einfach sein? Ich knie mich hin und leuchte mit meinem Telefon in den Abfluss hinein. Ich kann nichts erkennen. Meine Finger rutschen am Gitter entlang und kriegen es schließlich zu packen. Nachdem ich es an die Seite geschoben habe, steht fest: Es ist ein Abfluss. Es ist ein Abfluss und mehr nicht.

Ich stehe mitten in der Nacht in einem gewöhnlichen Kellerraum. Einen Eingang zu einem Tunnel gibt es nicht. Hat es je einen Tunnel gegeben? Mehr und mehr beginne ich daran zu glauben, dass ich auf einen schlechten Scherz hereingefallen bin. Oder vielleicht sind die Briefe nur Teil eines Spiels gewesen und hatten nichts mit der Wirklichkeit zu tun? Es gibt keinen Tunnel. Das sehe ich ein. Ich schäme mich für meine Naivität, die mich an so eine alberne Geschichte glauben ließ. Mit eiskalten Füßen stehe ich barfuß im Keller und wünsche mich in mein Bett zurück. Ich klatsche meine Hand auf den Lichtschalter und klack, das Licht geht aus.

„Was war das?", frage ich mich im selben Augenblick, in dem das Licht ausgeht und meine Blicke huschen noch einmal über die Wand hinter einem der Regale. Ein Wasserfleck? Klack! Licht wieder an!

Ich gehe zu dem Regal hinüber und schiebe die Konservendosen beiseite. Ich streiche mit der Hand über die Wand und untersuche die Stelle genauer. Der Fleck ist groß, aber ansonsten unauffällig. Die Oberfläche der Wand sieht hier bis auf die leichte Verfärbung genauso aus, wie im Rest des Kellers. Das ist ein Wasserfleck! Ein Wasserfleck auf den feuchten Kellerwänden eines alten, feuchten Hauses. Und nichts weiter. „Hör auf zu träumen, Emma", sage ich zu mir selbst. Klack! Das war's! Das Licht bleibt aus und ich gehe wieder zurück nach oben in mein Bett.

Schlafen kann ich immer noch nicht, stelle ich seufzend fest. Das Ganze lässt mich nicht in Ruhe. Ich schnappe mir erneut die Briefe und blättere in ihnen herum. Dabei entdecke ich, dass das Papier von Gustafs Brief mit einem Wasserzeichen geprägt ist. Dieses Zeichen besteht aus einem Kreis, der drei unterschiedlich große Sterne umschließt. Sofort greife ich nach den Briefen, die Elmar an meinen Onkel geschrieben hat. Diese Briefe haben kein Wasserzeichen. Mir fällt aber das Zeichen auf, das Elmar neben seine beiden Unterschriften gesetzt hat. Es ist der gleiche Kreis mit den drei Sternen wie beim Wasserzeichen in Gustafs Briefpapier. Woran auch immer die drei also gearbeitet hatten, sie hatten sich auf ein Zeichen geeinigt, das ihr Projekt symbolisieren sollte.

Drei Sterne in einem Kreis? Wofür kann das stehen? Ich starre verbissen auf die Briefe. „Sterne funkeln", denke ich immer wieder. Und irgendwie kommt mir dieser Gedanke sehr vertraut vor. So als hätte ich genau dieses Zeichen mit den drei Sternen schon einmal gesehen und daraufhin von genau den gleichen funkelnden Sternen fantasiert. Woher bloß kenne ich dieses verdammte Symbol?

Dann fällt es mir ein: Die Schnitzerei auf dem Boden der Abstellkammer! Die Schnitzerei, von der mein Onkel behauptet hatte, dass ich sie gemacht hätte. Sie sah genauso aus!

Oder doch nicht? Ich versuche, meinen Enthusiasmus so gut es geht zu unterdrücken, bevor ich die Stelle überprüfe. Ich schleiche auf Zehenspitzen erneut zur Treppe. Die Treppenstufen knarren leise unter dem Druck meiner Schritte. Ich bleibe kurz stehen und lausche. Der Rest des Hauses ist in seiner nächtlichen Stille versunken. Meine Mutter und Georg scheinen nichts gehört zu haben und weiter zu schlafen.

Als ich die Tür zur Abstellkammer öffne, fliegt mir eine

Packung Küchenrolle entgegen. Dort herrscht wie immer das Chaos. Ich muss mich zuerst durch einen Berg von Küchenrollen, Putzlappen, Eimern, Werkzeug und leeren Plastiktüten graben. Dann endlich stoße ich auf die Holzdielen am Boden.

Ich streiche mit der Hand über die Dielen. Noch ist von der Schnitzerei nichts zu sehen. Ich räume also die gesamte Kammer leer, immer darauf bedacht, so wenig Lärm wie möglich zu machen. Und dann endlich, als ich einen alten Pantoffel beiseiteschiebe, da entdecke ich die kreisförmige Einkerbung, nach der ich suche.

Vor mir auf dem Boden funkeln drei Sterne in einem Kreis. Wobei das Funkeln sehr zurückhaltend ist, da es sich nur um Einkerbungen im Holz handelt. Aber ich bin zufrieden. Es ist tatsächlich das gleiche Zeichen wie in den Briefen von Elmar und Gustaf. Ich kann es kaum fassen.

Zaghaft klopfe ich auf das Holz. Ich weiß zwar nicht genau, wie sich etwas Hohles anhört, aber irgendwie hört es sich genau so an. Der Boden ist hohl! Liegt der Eingang zu dem Tunnelsystem etwa hier und hatten die drei ihn mit dem Kreiszeichen markiert?

Ich versuche, das Ende der Holzdiele zu fassen zu kriegen, in die die vermeintliche Markierung eingeritzt worden war. Ich gleite zuerst mit meinen Fingerkuppen und dann mit meinen Fingernägeln immer wieder über die Spalten zwischen den Latten. Da ist nichts zu machen. Ich bekomme die Diele nicht zu packen. Sie lässt sich nicht vom Boden lösen. So würde ich nie herausfinden, ob etwas unter dem Boden versteckt ist.

Mein Blick fällt nochmal auf das kreisförmige Symbol im Holz. Mir fällt auf, dass die Maserung des Kreises nicht mit der Maserung des übrigen Holzes übereinstimmt. Zwischen dem Symbol und dem übrigen Holz ist sogar ein kleiner Spalt zu erkennen. Ich verstehe: Das Stück mit dem Symbol ist erst später in das Holz eingelassen worden.

Ich drücke auf die Stelle mit dem Symbol und versuche den Kreis zu bewegen. Tatsächlich! Der Kreis löst sich. Georg, Gustaf und Elmar hatten das Symbol dazu benutzt, eine Art Stöpsel zu markieren mit dessen Hilfe man den Eingang öffnen konnte. Nachdem ich noch eine Weile an dem Teil herumgewerkelt habe, ist aber eines klar: Ohne Werkzeug würde das mit dem Öffnen trotzdem nichts werden. Der Stöpsel lässt sich zwar in dem Loch herumdrehen, aber nicht herausnehmen.

Deshalb gehe ich in die Küche und öffne die Besteckschublade. Ich schnappe mir eines der biegsamen Schälmesser und beginne damit, in dem Spalt am Rand des Kreissymbols zu stochern. Schließlich gelingt es mir, Bewegung in die Sache zu bringen. Der Stöpsel lässt sich herauslösen, und im Boden entsteht ein Loch. Ich stecke zwei Finger hinein und nach etwas Ruckeln lässt sich die Diele aus dem Boden herausnehmen. Ich packe eine Holzdiele nach der anderen und lege sie zur Seite, bis ein großes Loch entstanden ist.

Feuchter, modriger Geruch steigt mir in die Nase, der mich an die Luft im Keller des Rathauses erinnert, in dem wir einmal mit der Schule gewesen sind. Zu sehen ist da unten im Loch unter den Dielen zunächst nichts. Es ist stockfinster. Ich kann einen leichten Luftzug spüren. Demnach kann es nicht nur ein Erdloch sein. Es muss hier auch einen Tunnel geben, durch den frische Luft nach oben strömt. Ich nehme die Taschenlampe, die neben mir an der Wand hängt und leuchte hinab in das Loch. Von dem Erdloch führt ein Tunnel weg! Was in den Briefen steht, ist also wirklich wahr!

Die Wände des Tunnels bestehen aus Steinen und Erde, die von massiven Holzbalken gestützt werden. Am Boden kann ich eine kleine Pfütze erkennen, die im Lichtschein schimmert. Ein Ende des Tunnels ist aus dieser Position nicht zu erkennen. In jedem Fall ist der Tunnel zwar schmal, aber groß genug, damit ich hindurch passen würde. Ich habe also die Möglichkeit, eigene Nachforschungen zum weiteren Verlauf des Tunnels anzustellen.

Ich will gerade den ersten Fuß ins Loch setzen, da fegt ein eisiger Windzug über meinen Körper. Mit Gänsehaut stelle ich fest, dass mein Schlafanzug nicht die richtige Kleidung für diese Expedition ist. Noch nicht einmal

Schuhe habe ich an. Und was würde meine Mutter sagen, wenn sie nach unten kommt, und auf einmal ein Loch im Boden vorfindet?

Ich entscheide mich dafür, die Erkundung des Tunnels auf den nächsten Tag zu verschieben. Meine Mutter wäre dann mit Carla im Urlaub und Onkel Georg ist übers Wochenende bei Theo. Er würde also nichts davon mitbekommen, dass ich in seiner Vergangenheit herumstochere.

Ich verschließe das Loch wieder mit den Dielen, setze den Markierungsstopfen ein und vergrabe alles unter dem Berg aus Küchenrollen, Plastiktüten und Putzeimern. Leise gehe ich die Treppe nach oben zurück und lege mich mit einem zufriedenen Seufzer in mein Bett. Vor meinen Augen tänzeln noch die drei Männer von dem Foto und im Hintergrund schwebt das Kreiszeichen mit den Sternen. Dann schlafe ich ein.

Kapitel 9

Ein Fremder kam in die Stadt

Irgendwas surrt, summt und brummt.

„Ach, das kann doch jetzt nicht sein."

Als ich aufwache, fuchtelt meine Mutter bereits hektisch durch mein Zimmer. Scheinbar fehlt noch etwas in ihrem Reisegepäck und sie ist nun in meinem Zimmer auf der Suche danach. Ich drehe mich in meinem Bett herum und murre einmal laut.

„Morgen, Schatz. Tschuldigung, wollte dich nicht wach machen."

Ist aber trotzdem passiert. Als ich eine halbe Stunde später nach unten ins Wohnzimmer komme, sitzt mein Onkel mit seiner Lieblingsmütze auf dem Kopf in seinem Lieblingssessel.

„Der Wald wurde violett vergiftet.", sagt er mit angespitzter Stimme und hält meinen Blick dabei für eine gefühlte Ewigkeit fest. Unterbrochen werden wir durch meine Mutter, die um die Ecke stürmt.

„Brauchst du noch irgendwas? Also, der Kühlschrank ist voll und Geld liegt in der Schublade im Flur."

„Und wenn was ist, kannst du zu mir rüberkommen. So, oder so, ich freu mich immer über Besuch", wirft Theo ein, der gerade zur Haustür hineingekommen ist, um Onkel Georgs Gepäck für das Wochenende abzuholen.

Bevor meine Mutter mit Tante Carla ins Wochenende durchstarten konnte, musste nun erst noch Onkel Georgs Umzug zu Theo hinüber stattfinden. Ich bin froh, dass Onkel Georg für die Zeit umzieht und ich nicht mit ihm allein im Haus bin. Manchmal kann es mit ihm unangenehm werden. Meine Mutter kann damit gut umgehen. Sie sieht sein Verhalten als etwas, das man eben durchmacht, wenn man langsam seine Sinne verliert. Er schlägt schließlich nicht um sich, sondern schreit nur manchmal laut herum.

Meine Mutter hat jedenfalls schon den alten Lederkoffer für Onkel Georg gepackt, den Theo nun die Treppe nach unten trägt. Jetzt wird es spannend. Kann sich Georg noch an die Verabredung erinnern, dass er das Wochenende bei Theo verbringen würde?

„So, dann werde ich mal meinem Gepäck folgen", sagt Onkel Georg, während er sich aus seinem Lieblingssessel schält.

„Ich wünsch euch eine schöne Reise. Und bringt mir so

einen ostfriesischen Stuten mit", fügt er hinzu und überrascht uns alle einmal mehr mit seiner plötzlich aufgetauchten Klarheit.

Somit steht dem Wochenendausflug nichts mehr im Weg. Ich warte zur Verabschiedung an der Haustür. Aus dem Türrahmen beobachte ich noch, wie das Auto mit meiner Mutter und Carla am Steuer um die Ecke biegt. Theo und Onkel Georg winken ihnen vom Eingang des Hauses schräg gegenüber hinterher. Dann verschwinden sie und schließen die Tür hinter sich. Ich schließe ebenfalls die Tür hinter mir und atme tief durch. Das Haus ist nun irgendwie leer, aber auch irgendwie schön.

Ein Blick zur Abstellkammer lässt die Vorfreude auf das anstehende Abenteuer in mir hochkochen. Was dort wohl auf mich wartet? Was immer es auch ist, muss selbst noch warten. Ich muss mich jetzt erstmal für die Schule fertig machen.

Am Nachmittag nach der Schule fühle ich mich endgültig ungestört genug, um weitere Nachforschungen anstellen zu können. Nachdem die Haustür hinter mir ins Schloss gefallen ist, werfe ich meinen Rucksack in die Ecke und lege das Loch in der Abstellkammer wieder frei. Den ganzen Tag in der Schule musste ich immer wieder an den Tunnel denken und habe überlegt, wo er hinführen könnte. Dabei bin ich verschiedene Theorien durchgegangen. Hatten die drei versucht, sich in die Banktresore der Stadt zu graben? Hatten sie eine Flucht geplant? Aber vor wem? Oder mussten sie etwas transportieren, von dem keine außenstehende Person und schon gar nicht die Polizei etwas wissen durfte?

Ich pflüge mich also erneut durch das Chaos in der Abstellkammer hindurch zu meinem Ziel. Dabei fliegen die Berge von Küchenrollen und Putzmitteln in den Flur und der Boden der Abstellkammer wird sichtbar. Fast genauso schnell, wie ich den Boden freiräume, kann ich nun auch den Stöpsel mit dem Sternsymbol herauslösen und das Loch unter den Dielen freilegen. Von oben aus leuchte ich wieder in das Loch hinunter und versuche, mir diesmal in Ruhe ein Bild von dem Tunnel zu machen.

Jedoch kann ich nun auch nicht viel mehr erkennen als in der letzten Nacht. Aber mir fällt auf, dass einer der tragenden Holzbalken im Wasser steht. Das lässt mich etwas an der Statik der Konstruktion zweifeln. Was, wenn der Tunnel plötzlich einstürzen würde? Wie tief hinab geht es überhaupt? Und die spannendste Frage von allen bleibt weiterhin: Wohin führt der Tunnel überhaupt und was wartet an seinem Ende auf mich?

Ich schaue auf die Uhr. Ich habe noch über drei Stunden Zeit, bis ich mich auf den Weg zu Tobias Party machen muss. Vielleicht könnte ich die Zeit bis dahin besser nutzen, um noch ein paar nützliche Informationen über den Tunnel von Onkel Georg zu bekommen. Um den Tunnel selbst zu erkunden, dafür habe ich immer noch das ganze Wochenende Zeit.

Ich gehe hinüber zum Haus von meiner Tante und meinem Onkel. Als ich klingele, macht niemand auf. Vermutlich sind Theo und Onkel Georg im Garten und hören wie immer nichts. Ich laufe wieder zurück zu unserem Haus und hole den Zweitschlüssel, der bei uns deponiert ist. Als ich wieder vor der Tür stehe, klingele ich noch einmal. Da sich weiterhin nichts rührt, schließe ich auf und öffne vorsichtig die schwere Holztür.

„Hallo?", rufe ich in den dunklen Flur hinein und bekomme keine Antwort.

Ich laufe einmal quer durch das Erdgeschoss zur Gartentür. Sie steht offen und von draußen strömt warme Luft in die sterile, kalte Küche mit ihren Marmorfliesen.

In der hinteren Ecke des Gartens hockt Theo und streicht den kleinen Zierzaun am Rande eines Beetes. Onkel Georg steht an der Werkbank im gläsernen Gartenhaus und ist in das Einpflanzen von neuen Blumensamen vertieft. Als Theo mich sieht, winkt er mir kurz zu. Mit einem Fingerzeig mache ich deutlich, dass ich zu Onkel Georg will und Theo streicht weiter den Zaun. Die Kommunikation zwischen uns finde ich großartig, denn sie war genau auf den Punkt gebracht. Als ich neben Georg im Gartenhaus stehe, weiß ich nicht recht, wo ich anfangen soll. Was genau soll ich ihn fragen? Was kann ich ihn fragen? Es ist etwas stickig. Die Luft ist feucht. Das Radio auf der Werkbank trällert einen alten Rocksong durch die Stille hindurch.

„Bist du nur gekommen, um einem alten Mann beim Gärtnern zuzusehen?", fragt Onkel Georg während er in aller Ruhe weiter gleichmäßig Erde in die verschiedenen Töpfe füllt.

Wie frag ich ihn denn jetzt bloß am besten? Ich kann ihm schlecht sagen, dass ich seine Briefe gelesen habe. Wie fragt man nach einem Tunnel, den man eigentlich gar nicht kennen darf? Da ich nichts sage, dreht sich Onkel Georg wieder zur Werkbank.

Wie das nun einmal so ist, wenn man etwas sagen will, das man gar nicht sagen darf, nehme ich schließlich Anlauf und springe, sodass die Worte schneller aus mir herausspringen können, als meine Gedanken dagegen arbeiteten.

„Warst du einmal mit einem Gustaf befreundet?"

Stirn runzelnd schaut Onkel Georg mich daraufhin kurz an und schaltet das Radio aus. Er mustert mich von oben bis unten und lässt seine Augen wieder wortlos auf seine Blumentöpfe wandern. Dann geht sein Blick in der hintersten Ecke des Gartenhauses verloren.

„Ein Fremder kam in die Stadt", fängt er an. „Er war zu

lange zu Gast bei der Wirklichkeit. Kannst du die Welt kennen?", haucht er und durchbohrt mich dann mit seinem wissenden Blick.

Dann ist er wieder wie ausgewechselt.

„Sag doch bitte Theo, bevor du nach Hause gehst, dass ich doch lieber etwas später essen möchte", sagt er ganz beiläufig und schaltet das Radio wieder ein.

Während ein Radiosprecher von Staus aufgrund einer Straßensperrung berichtet, gehe ich nach draußen, sage Theo kurz Bescheid und laufe zurück nach Hause. „Er war zu lange zu Gast bei der Wirklichkeit", geht es mir immer wieder durch den Kopf, als ich über die Straße laufe. Was soll das bedeuten? Soll es überhaupt etwas bedeuten? Und wenn ja, hat es etwas mit dem Tunnel zu tun? Da die Party bei Tobias aber immer näher rückt und ich mich vor Aufregung, später auf Paul zu treffen, fast übergeben könnte, verschwinden diese Gedanken schnell. Erst mal duschen und den Kopf frei kriegen!

Kapitel 10

PARTY MIT FLADENBROT

Triefend steige ich aus der Dusche und hülle mich patsch-nass in meinen Bademantel. Mit einem Seufzen schmeiße ich mich auf mein Bett. Es erfolgt ein kurzer Blick zur Uhr. Noch fast eine Stunde, um etwas zum Anziehen zu fin-den, das ich nicht total zum Kotzen finde. Noch fast eine Stunde, in der ich mich verrückt machen kann. Noch eine Stunde, in der ich darüber nachdenken kann, ob Paul heute Abend wirklich auf der Party sein würde. Noch eine Stunde Galgenfrist! Dann muss ich los. So sehr ich mich auch auf die Party freue, noch viel größer ist meine Angst. Die Angst davor, auf Paul zu treffen. Die Angst davor, dass Paul kein Interesse an mir hat. Die Angst, dass ein Traum sein Ende findet. Ich ziehe die Bettdecke über mei-nen Kopf.

Auf dem Rücken liegend, streiche ich mir beruhigend über die Wange, meine Kinnpartie und den Hals und schäle mich aus meinem Bademantel. Ich springe aus dem Bett und als ich nach rechts schaue, sehe ich das Bild, das mein Körper in den Spiegel an der Wand wirft. Ich erschrecke, als sich meine eigenen Augen ertappt fühlen. Während ich mich umher drehe, stelle ich fest, dass ich von der Seite ungefähr so unförmig aussehe, wie eine aufgerundete Comicfigur. Meine Brustwarzen wirken fast fehl am Platz.

Mein Telefon klingelt. Ich wickele mich in eine Decke und renne, fast über einen verdammten Schal stolpernd, zum Bett hinüber, wo mein Telefon liegt. Es ist Mia.

„Na, alles okay bei dir?", fragt sie mich.

„Ja, ich muss mich bloß noch anziehen und so."

„Mach dir nicht so viele Gedanken. Ich wollte nur kurz sagen, dass ich jetzt losfahr."

„Also, wie gesagt, bei mir dauert es noch ein bisschen."

„Keine Hektik! Der Abend ist ja lang. Kesselweg 38, direkt beim Stadtpark. Und wenn du da bist, stoßen wir erstmal auf den Abend an."

Es folgt ein kurzer Moment des Schweigens.

„Und du wirst nicht kneifen! Ich rechne fest mit dir!", sagt Mia nochmal mit einer Stimme so fest wie Stahl, weil sie weiß, wie aufgeregt ich bin. Mit einem schnellen „Bis später!", verabschiedet sie sich wieder von mir.

Sekunden später liegen die begrenzten Weiten meines Kleiderschranks vor mir. Ich entscheide mich für eine schwarze Jeans und ein blaues Top. Und meine Kapuzen-jacke aus Jersey darf natürlich nicht fehlen. Irgendwie vermute ich, dass ich mich an diesem Abend noch verstecken werden möchte.

Als ich mein Fahrrad aus der Garage hole, setzt ein kühler Nieselregen ein. Im Nieselregen fahre ich durch die Nach-barschaft und biege dann auf die Hauptstraße ab. Von dort muss ich in den Stadtpark einbiegen und dann wie-der nach links. Die Pflastersteine in der Straße, wo Tobias wohnt, funkeln unter der Nässe. Der Regen wird langsam stärker. Die gesuchte Hausnummer 38 versteckt sich hin-ter einem alten Werkstattgebäude, das weiter vorne auf dem Grundstück steht. Das eigentliche Wohnhaus liegt auf dem hinteren Teil des Grundstücks. Ich fahre die Ein-fahrt neben der Werkstatt entlang und komme so zum Vorgarten im Hinterhof. Mein Fahrrad stelle ich auf dem Rasen im Vorgarten ab, wo bereits einige andere stehen.

Das Haus sieht von außen nicht so aus, als würde dort gerade eine Party stattfinden. Ich sehe niemanden in den Fenstern und Musik höre ich nur, wenn ich mich genau darauf konzentriere. Ich gehe zur Haustür und finde ein Schild: „Der Weg zur Party führt hinten durch den Gar-ten". Ich schaue mich um. Wo ist der Weg in den Garten? Dann sehe ich die kleine Tür, die zwischen Garage und Haus liegt. Sie lässt sich mit einer Klinke öffnen und führt direkt in den Garten hinein.

Als ich dort ankomme, bin ich überrascht, denn auch der Garten ist menschenleer. Ich überlege einen Moment und vermute, dass alle vor dem Regen nach drinnen geflüchtet sind. Als ich auf die Terrasse gehe, scheint ein heller Lichtschwall auf mich durch die großflächige Schiebetür des Wohnzimmers. Von draußen, habe ich dank der riesigen Fensterfront einen hervorragenden Blick auf das Party-Geschehen. Paul kann ich nicht entdecken. Auch Mia nicht. Nur andere mehr oder weniger bekannte Gesichter, die sich unglaubwürdig verantwortungsbewusst verhalten.

Eine ganze Reihe von ihnen schlängelt sich auf der Eck-Couch entlang. Während sich die meisten von ihnen aufgeregt unterhalten, versuchen zwei Jungs ich gegenseitig die Chips vom Couchtisch in den Mund zu werfen. Auf dem Teppichboden hat es sich eine Gruppe von drei Mädels mit einer Sektflasche gemütlich gemacht und feuert mit erhobenen Händen die Chipswerfer an.

Die steile Treppe, die vom Wohnzimmer in die zweite Etage führt, hat man zur Rodelbahn erklärt. Auf einem blauen Plastikschlitten rast Jan, der Cousin von Mia, die Treppe hinunter. Wozu braucht man Schnee, wenn man glatt lackierte Holzstufen hat? Da der untere Treppenabsatz aber nur knapp einen Meter von der gegenüberliegenden Wand entfernt ist, besteht die Gefahr, dass ein ungebremster Kopf gegen die Mauer knallt. Dass das nicht gesund ist, scheint den Beteiligten bewusst zu sein, denn man hat vorgesorgt. Zum Schutz der Schlittennutzenden hat man verantwortungsbewusst stoßdämpfende Fladenbrote eingesetzt. Zwei der Fladenbrote wurden an der Wand befestigt und ein Fladenbrot wurde allen Teilnehmenden vorsorglich um den Kopf gebunden.

Von Paul ist noch immer nichts zu sehen. Ist er überhaupt schon da? Irgendwo da drin? Während ich noch einmal tief Luft hole, schiebe ich die Terrassentür auf. Drinnen ist die Welt ganz anders. Die Welt schlürft und ich werde von ihr absorbiert.

„Hey, schön, dass du da bist", begrüßt mich Tobias, der sich Mühe gibt, so auszusehen, als hätte er Spaß an der Gastgeberrolle.

„Schöne Party! Ich bin nur froh, dass ich noch gerade einer Regendusche entkommen bin", sage ich.

„Ja, eine Gartenparty wird das heute wohl nicht mehr. Trinken und Essen steht übrigens in der Küche. Chili ist noch genug da, nur das Fladenbrot ist aktuell knapp. Aber die Schlittenfahrer haben mir versprochen, dass sie die Brote gleich wieder frei geben. Es soll nichts verschwendet werden!", kann Tobias noch gerade von sich geben, bevor Anna seine Aufmerksamkeit umlenkt, indem sie ihn aufgeregt am Arm zieht.

Etwas irritiert schaut Tobias auf das dreieckige Stück

Holz, das Anna ihm entgegenstreckt.

„Eine Ecke vom Tisch von mir für dich als Geburtstagsgeschenk", kichert sie aufgeregt.

„Ich hab doch gar nicht Geburtstag!", ist Tobias erste Reaktion.

Seine zweite Reaktion „Von welchem Tisch?" wird bereits von einem panikerfüllten Blick begleitet. Kurz stößt er noch ein „Oh nein, der Schreibtisch von meinem Urgroßvater!" aus und stürmt dann raus in den Flur. Anna rennt hinter ihm her. Sie ist scheinbar froh, dass endlich etwas passiert. Dass Tobias sie endlich bemerkt.

Ich gehe in die Küche. Zwei unbekannte, einsame Gesichter blicken kurz zu mir rüber, mustern mich und schwafeln weiter. Schwafeln weiter über Menschen, die schwafeln. Menschen, die schwafeln, weil sie nichts zu bereden haben. Mir fällt auf, dass ich keine gute Laune habe.

Ich inspiziere den Kühlschrank. Die Auswahl ist groß. Ich kann mich zwischen 0,5 Liter Bierdosen und 0,33 Liter Colaflaschen entscheiden. Meine Wahl fällt auf eine Flasche Cola, da hatte man wenigstens immer was Stabiles zum Festhalten. „Hier!", ruft ein scheinbar doch gar nicht so unaufmerksamer Schwafler und wirft mir einen Flaschenöffner zu. „Patsch!" macht es, als mir fast zeitgleich eine Hand von hinten auf die Schulter klatscht.

„Da bist du ja endlich", fällt mir Mia um den Hals. Dann schlägt sie vor, dass wir es uns im Wohnzimmer auf der Couch gemütlich machen sollten.

Als wir in einer ruhigen Ecke des Wohnzimmers sitzen, flüstert sie mir mit einem traurigen Blick ins Gesicht: „Ich hab ihn noch nicht gesehen".

Ist doch auch egal, versuchen Mia und ich mir einzureden. Und als ich dann später neben Anna auf dem Boden im Badezimmer sitze und sie mir von Meerschweinchen in Gummistiefeln erzählt, habe ich fast etwas Spaß.

Der Abend geht weiter und von Paul ist immer noch nichts in Sicht. Das Treppenrodeln wird eingestellt und die Fladenbrote können verzehrt werden. Tobias hat den Kampf gegen die Verwüstung seines Elternhauses aufgegeben und ist auf der Treppe liegend eingeschlafen. Da Mia ein netter Gast ist, legt sie ihm nun ein Kissen unter den Kopf und deckt ihn mit einer Wolldecke zu. Ansonsten ist im Wohnzimmer immer noch am meisten los. In der Mitte des Raumes ist eine Tanzfläche entstanden. Ich lasse mich in den riesigen Ohrensessel fallen, der in einer dunklen Ecke steht. Was wenn er wirklich kommen würde? Was dann? Und was, wenn nicht? Ich versinke in den Polstern und Kissen um mich herum und schließe die Augen. Ich kann nur daran denken, wie er mich berührt. Ich verliere mich in einem Traum und streiche mir mit den Fingerspitzen über meinen Hals. Er ist nicht da. Als ich meine Augen wieder öffne, stelle ich mit geöffnetem

Mund fest, dass ich unter Beobachtung stehe. Ein Typ im Hawaiihemd und seine Begleitung schielen seltsam schräg zu mir hinüber.

Ich pflücke mich vom Sessel und suche Mia. Ich verabschiede mich von ihr und dem wieder auferstandenen Tobias, die sich gerade in der Küche zusammen am Cocktail mixen versuchen.

„Du verpasst den Höhepunkt des Abends", rufen mir die beiden noch hinterher.

Dann verschwinde ich durch die Terrassentür. Ich habe genug für den Abend, es ist Zeit, nach Hause zu fahren.

Als ich mein Fahrrad aufschließe, setzt strömender Regen ein. Ich ziehe die Kapuze etwas fester zusammen und radele los. „Bloß nicht stehen bleiben!" Immer und immer wieder gehen mir diese Worte durch den Kopf. „Bloß nicht stehen bleiben!" Gerade bin ich trotz meines Tretens in die Pedale doch auch im Stillstand. Weil ich an anderer Stelle nichts tue. Ich bin ratlos, weil ich nichts tue. Vor allem hätte ich wegen Paul schon längst etwas tun müssen. Aber das hatte ich nicht, sondern nur geträumt. Ich muss etwas tun. Ich will handeln.

Jetzt in diesem Moment kann ich nicht viel unternehmen, um Paul näher zu kommen. Also müssen andere Taten folgen, um den Stillstand loszuwerden. Ich will mich nicht ratlos fühlen, sondern mächtig. Es ist ganz klar: Eine Expedition in das Tunnelreich unter unserem Haus ist jetzt genau das Richtige.

Während ich mit dem Fahrrad nach Hause fahre, glitzert der nasse Asphalt magisch und stachelt meine Aufregung noch weiter an. Mein aufgedrehter Kopf denkt daran, wie verliebt und entschlossen ich bin, während der Regen immer stärker wird. Als ich in unsere Straße einbiege, bin ich komplett durchgeweicht und habe kein trockenes Kleidungsstück mehr am Körper. Aber das ist unwichtig, denn ich habe jetzt wieder einen Plan.

Kapitel 11

DER TUNNEL

Als ich zur Tür hineinkomme, ist es ungewöhnlich still. Ich bin das erste Mal für eine ganze Nacht allein zu Hause. Die Tür fällt hinter mir ins Schloss und kurz werde ich von der Dunkelheit überwältigt. Es knarzt leise. Schnell greife ich nach dem Lichtschalter. Im warmen Licht der Deckenlampe löst sich das Unbehagen auf und ich spüre wieder das Gefühl von Freiheit, denn ich habe das Haus für mich allein.

Ich stürme die Treppe nach oben, werfe die nassen Klamotten von mir und wickle mich in eine warme Decke. Ich schiebe den Kleiderschrank auf und überlege, was ich für mein bevorstehendes Tunnelabenteuer anziehen soll. Ich schnappe mir einen Hoodie und eine Jeans und ziehe mich an. Dann rase ich wieder nach unten zurück, schlüpfe in ein paar trockene Schuhe und eine Regenjacke und öffne die Tür zur Abstellkammer. Jetzt kann mich nichts mehr aufhalten.

Ich blicke hinab in das Loch. Wieder steigt mir dieser modrige Geruch in die Nase. Er macht mich neugierig auf mehr. Wo würde ich landen, wenn ich dem Tunnel folge? Ich greife nach der Taschenlampe, die an der Wand hängt und frage mich kurz, wann wir das letzte Mal die Batterien gewechselt haben. Auf den Akku meines Handys als einzige Reserve will ich mich nicht verlassen.

Da ich keine Lust habe, in der Mitte des Tunnels zu bemerken, dass ich den Rest des Weges im Dunkeln zurücklegen muss, krame ich in der Küche nach Ersatzbatterien. Ich habe Glück und finde ein neues Jumbo-Paket in der Schublade unter dem Kühlschrank. Jetzt kann es endlich losgehen.

Ich gehe zurück zur Abstellkammer und hocke mich an den Rand des Lochs. Erneut leuchte ich vorsichtig hinein, als hätte ich Angst vor dem, was mir dort begegnen könnte. Angst vor dem, was ich mit meinem Lichtstrahl wecken könnte. Aber trotz des Lichts der Taschenlampe bleibt es in dem Loch still.

Über die Jahre haben sich mehrere Schichten von Spinnweben über den Anfang des Tunnels gezogen. Eine dunkelbraune Spinne, mit Beinen ungefähr so groß wie der Deckel von einem Glas Nuss-Nougat-Creme, krabbelt hektisch aus dem Loch in die Abstellkammer, als der

Lichtstrahl sie streift. Das ist alles andere als ein schöner Anblick. Ich gebe es nicht gerne zu, aber ich habe so meine Probleme mit Spinnen. Dennoch halte ich mich an das Motto „Augen zu und durch" und springe in das Loch.

Ich lande mit meinem linken Fuß etwas unsanft und knicke um. Nach einem kurzen Stechen klingt der Schmerz wieder ab. Ich bin froh, dass sich der Boden unter meinen Füßen fest anfühlt. Als ich mich aufrecht hinstelle, merke ich, dass mein Kopf in dieser Position aus dem Loch herausguckt. Es ist also an dieser Stelle noch nicht besonders tief. Ich leuchte weiter in den Tunnel hinein. Nun kann ich alles besser erkennen. Der Tunnel geht ein Stück steil bergab. Wie weit nach unten, das kann ich noch nicht erkennen. Aber es ist klar, dass der Tunnel so niedrig ist, dass ich ihn maximal auf allen Vieren betreten kann. Und das auch nur, wenn ich meinen Kopf möglichst weit unten halte. Also werfe ich mich auf die Knie und schiebe den Kopf in die Tunnelöffnung.

Ich krieche in den schmalen Tunnel, der aus dem Erdloch ins Irgendwo führt. Es ist gar nicht so einfach mit der Taschenlampe den Weg zu beleuchten, wenn man eigentlich die Hände zur Fortbewegung braucht. Deshalb versuche ich zwischendurch die Lampe zwischen meine Zähne zu klemmen. Alles, was ich sehen kann, ist, dass der Weg immer weiterführt und der Tunnel aus Erde, Steinen und ein paar Pfeilern besteht.

Ich schiebe mich immer weiter durch den Tunnel und merke langsam, dass meine Knie und Handflächen schmerzen. Irgendwann bin ich eine gefühlte Ewigkeit unterwegs und habe erste Probleme damit, eine aufkommende Platzangst in den Griff zu bekommen. Der Tunnel hat mittlerweile einen Durchmesser von etwas mehr als einem Meter. Das ist mehr als am Anfang, aber wenn man sich gerade im unterirdischen Nirgendwo befindet, dann ist das nicht viel. Und wenn man dann noch zwischendurch die morschen Holzpfeiler begutachtet, die diesen Tunnel vor dem Einstürzen bewahren sollen, dann macht das die Sache nicht besser. Aber umkehren will ich auch nicht, dazu bin ich zu weit gekommen und dieser Tunnel muss ganz einfach bald irgendwo enden. Und vor allem auch irgendwo hinführen.

Einige Meter weiter wird mein Durchhalten endlich belohnt und der Tunnel wird immer höher. Bald kann ich sogar aufrecht gehen. Ich muss nur ab und zu aufpassen, dass mein Kopf nicht mit einem der von oben in den Tunnel ragenden Felsbrocken kollidiert. Leider wird mit jedem Zentimeter, den der Tunnel wächst, der Boden unter meinen Füßen immer schlammiger. Meine Turnschuhe bleiben in regelmäßigen Abständen im Matsch stecken und es schmatzt bei jedem Schritt. Es hört sich fast so an, als wäre da jemand hinter mir, jemand der schmatzt und sabbert.

Ich leuchte zurück in die Richtung, aus der ich gekommen bin und mir fällt die Spur auf die ich mit meinen Fußabdrücken hinterlassen habe. Ansonsten ist nichts zu sehen, auch keine Fußspuren einer anderen Person. Ich laufe weiter und meine Taschenlampe wirft einen schwachen Lichtkegel voraus. Die Dunkelheit droht, mich zu verschlucken. Es ist gut zu wissen, dass ich Ersatzbatterien dabeihabe.

Aber was ist das? Ich wedele wild am Boden mit meiner Taschenlampe umher. Im Lichtkegel tauchen plötzlich fremde Fußabdrücke auf. Fußabdrücke, die nicht von mir sein können, weil ich noch gar nicht an dieser Stelle des Tunnels gewesen bin. Ich klammere mich an der nun so winzig erscheinenden Taschenlampe fest und leuchte hektisch um mich. Niemand ist zu sehen. Mit der Lampe leuchte ich hinter mich. Ich verfolge die fremden Fußspuren zurück und entdecke schließlich auf der rechten Seite den Zugang zu einem anderen Tunnel. Derjenige, der die Fußabdrücke hinterlassen hat, war durch diese Öffnung hierher gelangt. Es gibt einen zweiten Eingang zu diesem Tunnel! Die Person hat diesen benutzt und ist dann bereits vor mir den Tunnel weiter geradeaus gelaufen.

Zunächst beruhigt mich der Gedanke. Zumindest habe ich nun nicht mehr das Gefühl verfolgt zu werden. Andererseits kann die Person, die vor mir läuft oder gelaufen ist, mich überraschen. Oder es könnte noch eine Person durch den anderen Eingang kommen und hinter mir auftauchen.

Ich muss mich entscheiden. Ich kann den Fußspuren weiter folgen und in dem Tunnel bleiben, in dem ich mich befinde. Oder ich kann ein paar Schritte zurückgehen und die Abzweigung nehmen, um nachzusehen, woher die Person gekommen ist. Es würde auf beiden Seiten eine Überraschung auf mich warten. Das ist klar. Welches die bessere Überraschung sein würde ist mir noch unklar. Schließlich entscheide ich mich, den Fußspuren weiter in Laufrichtung zu folgen.

Bei den ersten Schritten schlägt mein Herz so laut, dass es in meinen Ohren wie ein Echo hallt. Ich frage mich, wer es ist, dem ich da folge und was passieren würde, wenn dieser jemand umkehren und wir aufeinandertreffen würden.

Vor mir macht der Weg eine Kurve, sodass ich nicht direkt sehen kann, was dahinter liegt. Dann stelle ich fest, dass der Tunnel hier plötzlich steil bergauf geht. Scheinbar führt der Gang von hier an immer weiter nach oben. Auch einen leichten Luftzug bemerke ich, der ebenfalls für einen nahenden Ausgang spricht. Ein Ende meiner Expedition unter Tage ist in Sicht. Die Anspannung löst sich ein Stück weit.

Gelegentlich lasse ich den Lichtstrahl der Taschenlampe

durch die Gegend streifen, um zu überprüfen, ob noch andere Tunnel von meinem Gang abzweigen. Es gibt aber nichts Derartiges zu sehen, weder an den Wänden noch an der Decke. Dafür mache ich eine andere Entdeckung. Zuerst traue ich meinen Augen nicht. In einer Felsspalte an der Wand blüht eine rötlich glitzernde Blume. Ich beuge mich zu ihr hinunter, um an ihr zu riechen. Mit einem Würgen springe ich zurück. Die wunderschöne Blume riecht leider so, wie man riecht, wenn man zu viel Zeit unter der Erde verbracht hat. Zum Glück wird der Luftzug immer stärker und sorgt für frische Luft zum Atmen.

Ein Rauschen setzt ein, das immer lauter wird. Ich nehme an, dass es das Rauschen des Regens ist. Hier in der Nähe muss ein Ausgang sein, sonst könnte ich den Regen nicht hören. Ich höre Wasser vor sich hin plätschern. Dann sehe ich, wo die Geräusche herkommen: Aus einem Loch in der Decke strömt der Regen in den Tunnel hinein. Ich leuchte in das Loch und versuche, etwas zu erkennen. Das Licht der Lampe bricht sich in den Regentropfen und mit zusammengekniffenen Augen kann ich ein Gitter erkennen, mit dem das Loch versperrt ist. Ob sich das Gitter öffnen lässt oder nicht, kann ich nicht überprüfen, denn der Ausgang ist für mich unerreichbar. Die Öffnung liegt viel zu weit oben, am Ende einer schmalen Röhre. Um das Gitter zu erreichen, würde ich eine lange Leiter benötigen.

Ich laufe weiter und das Rauschen des Regens wird wieder leiser. Der Weg geht steil bergauf und der Boden des Ganges wird immer fester. Die Fußspuren meines Vorgängers sind kaum noch zu sehen. Nach einer Weile wird das Rauschen des Regens wieder lauter. Der Gedanke daran, bald am Ziel zu sein, lässt mich schneller werden. Neugierig leuchte ich voraus. Ist es wieder nur eine winzige Öffnung in der Decke, durch die der Regen tropft? Oder kündigt das Rauschen diesmal tatsächlich das Ende des Tunnels an? Als die Steigung des Gangs noch einmal stark zunimmt, kann ich bereits die frische Nachtluft riechen. Dann endlich fällt der Schein meiner Taschenlampe auf ein Tor am Ende des Tunnels.

Das dunkelblaue Licht der Nacht leuchtet zwischen den quadratisch verwobenen Eisenstreben des Tores. Ich laufe darauf zu und lege eine Hand auf das kühle Metall. Noch unsicher, was mich erwartet, schaue ich durch die Gitterstäbe. Es ist dunkle Nacht. Gut, das habe ich erwartet!
Der Regen lässt etwas nach. Alles, was ich sonst sehen kann, sind Sträucher und Bäume. Der Tunnel endet scheinbar in einem Wald.
Ich nehme einen tiefen Atemzug von der frischen Nachtluft und warte noch einen Augenblick ab. Ich lausche. Draußen sind keine Stimmen zu hören und ich hoffe, dass ich mich ungestört umsehen kann. Dann

rüttele ich vorsichtig an dem Gitter und stelle fest, dass es nicht abgeschlossen ist. Unter leisem Quietschen schiebe ich das Tor auf, gehe hinaus und stehe zwischen Sträuchern und Bäumen.

Ich blicke nach links. Ich befinde mich in einem finsteren Wald, der an einen steilen Abhang grenzt. Ich befinde mich auf einem Berg. Ich schaue den Abhang hinunter und kann es kaum glauben: Ich sehe vertraute Häuserspitzen und beleuchtete Straßen.

Jetzt ergibt alles einen Sinn. Die Steigung und die Kurven des Tunnels! Sie haben mich genau hier hingeführt. Ich stehe auf dem Katzenberg. Und das heißt, dass ich nur einen Steinwurf von der alten Ruine entfernt sein kann.

Kurz stelle ich mir die Frage nach dem tieferen Sinn von alldem. Weshalb hatte Georg zusammen mit zwei Freunden einen Tunnel gebaut, der von unserem Haus hier hinauf zum Katzenberg führt? Mich überkommt das schlechte Gewissen und ich verbessere meine Gedanken: Weshalb hatte Georg zusammen mit zwei Freunden einen Tunnel gebaut, der von seinem Haus hier hinauf zum Katzenberg führt?

Ich schaue mich weiter um. Zwischen den Baumkronen kann ich es tatsächlich sehen: Das alte Haus, das ich bisher nur aus weiter Entfernung kenne. Jetzt liegt es zum Greifen nah vor mir. Es gibt einen kleinen Trampelpfad. Er führt vom Tunnel weg und hinauf zu dem alten Haus, das etwas weiter oberhalb steht. Links und rechts neben dem Trampelpfad herrscht dichtes Gestrüpp aus verschiedenen Sträuchern, wobei ich vor allem auf Brombeere tippe.

Andere Möglichkeiten, außer dem kleinen Trampelpfad, um von hier aus zum Haus oder zu einem anderen Punkt auf dem Berg zu gelangen, gibt es nicht. Die anderen möglichen Wege werden von grünem Dickicht und steilen Felswänden blockiert.

Ich laufe also den Trampelpfad entlang. Dieser führt nicht direkt nach oben zum Haus, sondern macht erst einmal einen großen Bogen um das Gebäude. Ich folge dem Weg weiter. Hinter einer Kurve taucht ein alter Holzschuppen auf. Ich bleibe kurz stehen und überlege für einen Moment, ob ich im Schuppen nach weiteren Hinweisen suchen soll.

Ich muss an das denken, was Lukas mir über das Urban Exploring erzählt hat. Bevor man ein vermeintlich leeres Gebäude betritt, ist es sinnvoll, sich zu versichern, dass im Inneren keine Überraschung wartet. Also taste ich mich langsam heran und lausche, ob ich jemanden hören kann. Alles scheint leer, still und leblos. Leise schleiche ich mich an und schaue durch einen Spalt zwischen den Holzlatten ins Innere des Schuppens. Es ist stockfinster. Ich nehme die Taschenlampe und leuchte hinein. Der Schuppen scheint so gut wie leer zu sein. Nur eine Werkbank mit

Werkzeugen steht in der Ecke und ein paar Holzkisten stapeln sich neben dem Eingang, der mir direkt gegenüber liegt. Eine Tür gibt es nicht, denn durch den Eingang kann ich direkt hinaus auf die andere Seite der Hütte blicken. Ich gehe zur anderen Seite und finde heraus, dass es doch eine Tür gibt. Bloß hat die sich mittlerweile aus ihrer Verankerung gelöst und liegt mit einer Moosdecke überzogen auf der Erde.

Der Holzboden des Schuppens knarrt laut, als ich ihn betrete. Ich untersuche die Holzkisten, die in einer Ecke stehen und entdecke wieder zwei dieser rötlich glitzernden Blumen, die ich bereits aus dem Tunnel kenne. Sie wachsen zwischen zwei der Kisten und blühen prächtig. Kurz frage ich mich, ob die roten Blumen die oberirdisch wachsen, wohl genauso stinken wie die, die unterirdisch wachsen. Aber mit meiner Nase überprüfen, will ich es trotzdem nicht.

Mir fällt auf, dass eine der Holzkisten geöffnet ist. Der Deckel liegt lose oben auf und ich lege ihn beiseite. Die eine oder andere Hemmung überkommt mich, denn ich frage mich, mit welchem Recht ich hier fremdes Eigentum ausspioniere. Komisch, denke ich, im Film scheinen die Leute da immer skrupelloser zu sein, wenn sie in fremden Sachen herumwühlen. Aber im Endeffekt tue ich bereits die ganze Zeit das Gleiche: Ich schnüffle schon die ganze Zeit, immer stumpf meiner Neugier folgend, in Georgs

Angelegenheiten. In diesem Sinne nehme ich den Deckel ab und öffne die Kiste.

In der Kiste drin liegen mehrere Stapel Papier. Es sind mehrere Stapel von alten Plakaten. Oder besser gesagt, große verrottende Papierklumpen, die früher mal aus einzelnen Plakaten bestanden haben.

Auf dem obersten Plakat des Stapels kann man immer noch das ursprüngliche Design erkennen. Das Bild auf dem Plakat hat lediglich an Glanz verloren und die Farben strahlen schwach und müde. Das Motiv hingegen ist noch gut zu erkennen. Scheinbar wollte man Werbung für eine Ausstellung mit Kunstwerken aus Papier machen. Der Schriftzug über dem Bild lautet: „Papierkünstler zeigt seine Ausstellung in der Stadt". Es geht um Skulpturen, Häuser und Figuren aus Papier und erinnert an eine besondere Art von Modellbau. Direkt unter dem Bild der Papierkunst hatten vermutlich früher weitere Informationen für potenzielle Gäste gestanden. Die Schrift ist jedoch mittlerweile nicht mehr lesbar. Die Zeilen haben sich zu milchig grauen Streifen verwandelt, in denen man vereinzelte Buchstaben erkennen kann. Dass dort mal der Name Gustaf gestanden hat, bilde ich mir vermutlich nur ein. Ich lege den Deckel wieder auf die Kiste und gehe zurück nach draußen.

Der Trampelpfad führt mich weiter zur Ruine hinauf.

Die Fassade des alten Gebäudes scheint in Bewegung und macht einen unruhigen Eindruck auf mich. Die schmalen Bogenfenster, die immer paarweise auftreten, stechen dunkel aus dem ockerfarbenen Mauerwerk hervor. Aus dem alles übergreifenden Spitzdach sprießen Schornsteine, zwei kleine Türme und etliche Mansardenfenster, als würden sie versuchen, vor etwas zu flüchten.

Als ich mein Ziel erreiche und direkt neben der Ruine stehe, muss ich feststellen, dass das Haus gar nicht so verfallen ist, wie ich es mir vorgestellt habe. Ich kann keine Löcher im Mauerwerk erkennen und bis auf zwei Fenster im Obergeschoss, sind alle Fensterscheiben, die ich bisher gesehen habe, intakt. Aufgrund der Finsternis lässt sich das Ausmaß des Zerfalls aber nicht abschließend einschätzen.

Die hohen Flügeltüren am Haupteingang sind verschlossen. Ich rüttle kurz an ihnen, merke aber schnell, dass ich hier nicht weiterkomme. Außerdem will ich auch weiterhin nicht zu viel Lärm machen, da ich immer noch nicht weiß, wer sich sonst noch alles hier oben herumtreibt. Eines ist ja aufgrund der Fußspuren im Tunnel bereits sicher: Ich bin nicht allein auf dem Berg. Wo steckt die Person, deren Spuren ich vorhin entdeckt habe?

Ich schleiche weiter um das Haus und wirbele mit meinen Schritten das Laub auf dem Boden auf. In den Gebüschen höre ich ein endloses Rascheln und in der Ferne höre ich eine Eule rufen. Meine Schritte werden langsamer und ich suche instinktiv Schutz entlang der Hauswand. Meine Hand streicht dabei über die Wand, als könnte ich dadurch mehr über das alte Gemäuer erfahren.

Die Hauswand endet schließlich und wird von einer gut zwei Meter hohen Mauer abgelöst. Hinter ihr müssen die Terrasse und der Garten liegen. Als ich am Ende der Mauer ankomme, schaue ich um die Ecke und habe freie Sicht auf die Rückseite des Gebäudes. Ein Stück verwilderte Wiese führt hinauf zur Terrasse hinter dem Haus. Ich entdecke Licht. Ein Licht, das aus drei hell erleuchteten Fenstern im Erdgeschoss nach draußen scheint. Mein Atem stockt. Was würde ich hier gleich entdecken?

Ich vergrabe mich weiter im Schutz und der Dunkelheit der Mauer. Auf allen Vieren kriechend nähere ich mich langsam dem Fenster und bleibe dabei zuerst mit einem Schnürsenkel an einer verrosteten Hake und dann mit meinem Ärmel an einem vertrockneten Rosenstrauch hängen. Schmerzhaft ist die Begegnung meines Knies mit einer alten Mausefalle.

Als ich am Haus ankomme, hocke ich mich unter einen Fenstersims und atme tief durch. Um nicht sofort entdeckt zu werden, schiebe ich meinen Kopf nur langsam nach oben, bis ich gerade so durch das Fenster schauen kann. Der untere Teil der Scheibe ist leicht beschlagen und ein paar Wassertropfen versperren mir die Sicht. Trotzdem habe ich einen guten Blick ins Innere des Hauses. Erleichtert stelle ich fest, dass niemand im Zimmer ist, der mich entdecken könnte. Wobei Zimmer nicht das richtige Wort für diesen herrschaftlichen Ort ist. Es ist mehr wie ein kleiner Saal.

Ich erkunde den Raum. Oben, dort wo sich auch das Geländer einer Empore entlang zieht, strahlt ein Kronleuchter auf den Saal herab. Genau über einem massiven Holztisch, der in der Mitte des Saals steht und sicher Platz für 12 Personen bietet. Mehrere Orientteppiche sind über dem Holzboden ausgerollt. Insgesamt sieht hier alles recht gepflegt und bewohnt aus. Es ist bloß niemand zu sehen. Schließlich fällt mir das kleine Tischchen auf, das neben einem schweren braunen Ledersessel steht. Auf dem kleinen Tisch steht ein halb gefülltes Glas und in einem Aschenbecher liegt eine Pfeife.

Plötzlich registrieren meine Augen eine schemenhafte Bewegung. Ein Knarren fährt durch den Raum und dann durch meinen Körper. Ein großes Etwas schiebt sich durch den Saal. Das Etwas ist schwer zu beschreiben. Es ist ungefähr so groß wie ein Mensch, aber völlig mit Moos bedeckt. Der Berg aus Moos schleppt sich direkt am Fenster und an meiner Nase vorbei, hält aber nicht an. Und als er in einer der Türen verschwindet, erkenne ich, dass es ein alter Mann ist. Ein alter Mann, dessen Mantel und Hut von oben bis unten mit Moos überzogen sind. Hat er mich etwa gesehen und ist jetzt auf dem Weg zu mir? Am anderen Ende des Hauses entdecke ich Stufen, die zu einer Hintertür führen. Würde er dort gleich erscheinen?

Angespannt warte ich ab. Nichts passiert. Niemand kommt aus der Tür. Ich beruhige mich wieder und schaue erneut in das Fenster. Der Moosberg hat sich zwischenzeitlich in dem Sessel niedergelassen und aus der Pfeife in seiner Hand steigt Rauch auf. Die Hintertür führt in jedem Fall nicht direkt in den Saal. Solange der Moosberg also in seinem Sessel sitzt, kann ich versuchen, das Haus durch diesen Eingang unbemerkt zu betreten. In geduckter Haltung haste ich zur Hintertür hinüber. Die Klinke quietscht leise, als ich sie herunterdrücke: Glück gehabt, die Tür ist nicht verschlossen.

Kapitel 12

BESUCH BEIM MOOSBERG

Ich stecke meinen Kopf durch den Türspalt. Die Hintertür führt in einen unscheinbaren Vorraum. An der mit Holz vertäfelten Wand brennen zwei kleine Schirmlampen, die den Raum spärlich beleuchten. Ein menschlicher Moosberg ist nicht zu sehen. Während ich versuche, die Tür so leise wie möglich hinter mir wieder ins Schloss fallen zu lassen, wandert ein seltsamer Schauer durch meinen Körper. Ich versuche, mich zu konzentrieren.

Zwei Türen führen weiter in das Haus hinein. Beide sind gleich unauffällig und beide sind verschlossen. Ich versuche, durch das Schlüsselloch der rechten Tür etwas zu erkennen. Dort ist es nur dunkel. Geräusche kann ich auch nicht hören. Ich probiere, die Tür zu öffnen, aber sie ist verriegelt. Durch das Schlüsselloch der zweiten Tür fällt ein schwacher Lichtstrahl. Ich schaue hindurch und welcher Raum auch immer hinter der Tür liegt, es ist nicht der Saal, den ich vom Fenster aus gesehen habe. Die zweite Tür lässt sich einfach öffnen und eine Sekunde später stehe ich in einem großen, fensterlosen Flur. Die dunkelrot gestrichenen Wände mit ihren düsteren Holzvertäfelungen und die bunten Muster des Teppichbodens drohen, mich trotz oder aufgrund der schlechten Beleuchtung zu erschlagen.

An einer der Wände hängt ein Gemälde. Eine Frau mit verschränkten Armen, glattem dunklen Haar und einem glühend roten Mantel, steht seitlich zum Betrachter. Sie dreht ihren Kopf über ihre Schulter und wirft mir einen Blick zu, der nichts sagt und trotzdem allwissend scheint. „Traurige Augen", denke ich, als sich die Augen im Bild plötzlich bewegen. Oder nicht? Nein, es ist nur meine Einbildung! Ich habe einfach zu viele Filme gesehen. Zu viele schlecht gemachte Filme über zu viele nicht existierende Spukschlösser. Meine Fantasie spielt mir einen Streich.

Direkt neben dem Portrait kann ich auf den zweiten Blick die Umrisse einer Tür erkennen. Sie ist mir nicht sofort aufgefallen, weil sie mit genau derselben Tapete überzogen ist, wie die Wand um sie herum. Vorsichtig greife ich nach dem kleinen braunen Türknauf aus Metall und drehe daran. Wir sehen uns auf der anderen Seite der Tür wieder!

Der Anblick ist enttäuschend. Trotz der Dunkelheit kann

ich erkennen, dass es nicht mehr als ein Wandschrank ist. Ich ziehe an einer Schnur, die von der Decke des Wandschranks herabhängt. Es macht Klick und eine rote Neonröhre beginnt zu surren. Im flackernden Kunstlicht taucht das unnatürlich blasse Gesicht einer schlafenden Frau vor mir auf. Eine lebensgroße Puppe sitzt auf ihrem Samtsessel und lässt sich von den im Schrank rankenden Girlanden aus Kunstblüten feiern. Die Puppe trägt einen langen schwarzen Wollmantel und ein dunkelblauer Schal ist unendlich viele Male um ihren Hals geschlungen. Irgendwie sitzt sie da verdammt wichtig in dem Wandschrank herum. Das bringt mich zum Nachdenken. Warum sitzt sie hier? Warum sitzt sie genau hier? Hat das etwas zu bedeuten?

Ich grübele und stelle verschiedene Vermutungen an. Ist hinter dem Sessel vielleicht noch ein Geheimgang, der mich noch weiter in die Geheimnisse dieses Hauses führen kann? Vorsichtig versuche, ich den Sessel mitsamt der Puppe etwas nach vorne zu rücken, um nachzuschauen, ob dahinter etwas versteckt ist. Verwundert stelle ich fest, dass all meine Kraft im Raum verloren geht. Als ich nach den Händen der Puppe greife, zerbrechen die Finger unter dem leichten Druck meiner Daumen. Sowohl Sessel als auch Puppe sind leicht wie eine Feder, denn beide bestehen aus nichts anderem als einer Art Papiermaché. Ich knirsche mit den Zähnen und fluche leise vor mir hin.

Zumindest sind die Finger nicht abgebrochen, sondern haben nur kleine Dellen abbekommen. Das wird dem Besitzer der Puppe sicher trotzdem nicht gefallen. Ich fühle ich mich wie ein Monster im Porzellanladen. Ich bin ein Monster-Einbrecher ohne Plan, Tentakeln und Ahnung.

Trotz meiner sanften bis rabiaten Vorgehensweise gibt es hinter der Puppe und dem Sessel nichts Außergewöhnliches zu entdecken. Nur ein paar staubige Spinnweben wehen im Luftzug am unteren Teil der Wand. Ich schiebe alles wieder in die ursprüngliche Position und versuche, die Finger der Puppe so gut es geht wieder in ihren alten Zustand zu versetzen. Dann mache ich das Licht wieder aus und verschließe die Tür.

Von dem großen Flur gehen noch mehrere Türen ab. Hinter der besonders großen Flügeltür höre ich ein leises Klavierspiel. Ich vermute, dass sich dahinter der Saal befindet, in dem der alte Mann seine Pfeife raucht. Deshalb öffne ich die Tür vorsichtig nur einen kleinen Spalt weit. Drinnen bewegt sich augenscheinlich niemand. Niemand spielt Klavier. Nur ein alter Schallplattenspieler dreht auf einer Anrichte hinter dem breiten Ledersessel, seine Runden. Die Flügeltür führt also tatsächlich in den großen Saal. Der alte Mann unter dem Moosberg sitzt vielleicht noch immer in dem Sessel, aber das kann ich von hier aus nicht genau erkennen. Rauch steigt aus der Pfeife zumindest nicht mehr auf. Den Saal zu betreten, um dort herumzuschnüffeln, ist eindeutig zu riskant. Ich lasse die Tür wieder zaghaft ins Schloss gleiten. Während die Türangeln laut quietschen, rast mein Puls beim Gedanken daran, mich selbst verraten zu haben. Aber erneut passiert nichts. Kein Moosberg kommt um die Ecke, um mir den Hals umzudrehen.

Jetzt ist die dritte Tür im Flur an der Reihe. Sie ist aus dem gleichen Holz wie die große Flügeltür, nur ist sie viel kleiner und unscheinbarer. Als ich sie öffne, muss ich feststellen, dass scheinbar alle Türen in diesem Haus dringend eine Ölung benötigen. Erneut ertönt ein zermürbendes Quiteschen in den Angeln. Ich greife in den dunklen Raum, taste an der Wand entlang und klappe den Lichtschalter nach oben. Vor mir liegt eine steile, schmale Treppe, die in das obere Stockwerk führt. Wohin genau, kann ich nicht erkennen, denn in der oberen Etage brennt kein Licht. Ich gehe in das winzige Treppenhaus hinein, mache die Tür hinter mir zu und bemerke, dass sich am unteren Ende der Treppe noch ein Lichtschalter befindet. Nach einem leisen Klack erstrahlt in der oberen Etage eine matt leuchtende Deckenlampe und am oberen Ende der Treppe erscheint im Türrahmen ein mit Blumentapeten behangener Flur. Die Tapete hat sich zwar teilweise schon gemeinsam mit dem Putz verabschiedet, aber vereinzelt schlängeln sich noch einige vergilbte Rosenblüten und verschlungene Ranken an der Wand entlang.

Richtig gut erkennen kann ich das erst, als ich oben angekommen bin. Ich blicke vorsichtig nach rechts und links um die Ecke und schaue den langen Flur in beide Richtungen hinunter. Es ist düster, aber eine Bewegung kann ich nicht registrieren. Das Ende der rechten Seite des Flures liegt in der Dunkelheit versteckt. Auf der linken Seite kann ich im Gang mehrere Türen und am Ende einen Durchbruch mit einem leichten Lichtschimmer sehen. Ansonsten scheint alles leer zu sein.

Ich laufe bis zum Ende des leeren Gangs und komme so zu der hölzernen Brüstung einer Galerie. Dort funkelt etwas und dann erkenne ich den strahlenden Kronleuchter. Ich stehe auf der Empore, die sich oberhalb des großen Saals befindet und schaue hinunter. Meine Lippen pressen sich wie von selbst aufeinander, als ich mit einem Schreck den Moosberg entdecke. Er hat seinen Sessel verlassen und steht nun direkt neben dem riesigen Tisch, in der Mitte des Raumes. Dann dreht er sich ein Stück und ich kann sein Gesicht sehen. Er starrt auf den Tisch und als ich genauer hinsehe, stelle ich fest, dass der Tisch nur der Unterbau einer Modellstadt ist. Ich denke im ersten Moment an eine Modelleisenbahn, kann aber keine Schienen entdecken.

Der alte Mann wiederum steht weiter einfach nur da und starrt auf die Modellhäuser, -straßen und -bäume. Er sieht verzweifelt und ungläubig aus. Und während ich in sein Gesicht starre, kommt es mir plötzlich sehr bekannt vor. Vielleicht ist das hier Gustaf. Der Gustaf von dem Foto, das ich zusammen mit den Briefen im Garten gefunden hatte. Sicher bin ich mir nicht, denn zwischen dem Aufnahmedatum des Fotos und heute liegen einige Jahrzehnte. Hinzu kommt noch das Moos, das bis an seine Wange und Stirn wuchert. Außerdem ist es sowieso nicht meine Stärke, mir Gesichter zu merken.

Der alte Mann hebt die Arme, als will er seine Ärmel nach unten schütteln, um dann einen Teig zu kneten. Oder als wäre er ein superschurkenhafter Hohepriester in einem Videospiel aus den Neunzigern, der einen Blitzstrom von sich schlägt. Als der Mann seine Arme wieder hinab senkt, fährt eine unsichtbare Welle über die Modellstadt hinweg. Die Lichter in der Stadt blitzen auf und Bewegung kommt ins Spiel. Aus einigen Schornsteinen beginnt sogar Rauch zu quillen. Die Modellstadt beginnt zu leben.

Zunächst bleibt es still. Dann setzt der Moosberg zu einer Rede an: „Obwohl ich mich der Welt anvertraut habe, ähnelt sie einem gerissenen Kaufmann. Diese Stadt ähnelt einem gerissenen Kaufmann, dem ich mich anvertraut habe. Und dann war da nichts mehr. Jetzt ist bei mir auch nichts mehr. Ich bin tot. Aber der Tod ist ein Mythos. Es gibt ihn nicht. Es ist nichts!", hallt die trockene Stimme des Mannes durch den Saal.

Ganz ruhig starrt er weiter vor sich hin. Plötzlich, als hätte er ein unerwartetes Geräusch gehört, dreht er sich vom Tisch weg und blickt aufmerksam in eine andere Ecke des Zimmers. Langsam stürzt er vorwärts zu einer kleinen Seitentür und verschwindet im Haus.

In der künstlichen Landschaft auf dem Tisch blinkt und krabbelt es weiterhin. Was hat es mit diesem Modell auf sich und warum ist der Mann so auf die Stadt fixiert? Er meint, dass die Stadt einem gerissenen Kaufmann ähneln würde. Was meint er damit?

Ich schaue noch einmal zu der Tür, durch die der Mann gerade verschwunden ist. Es tut sich nichts. Er taucht nicht wieder auf. Jetzt oder nie, denke ich und laufe den Flur zurück und die schmale Treppe hinunter, bis ich vor dem Eingang zum Saal stehe. Drinnen riecht es angenehm nach verbranntem Holz und ich sehe, dass im Kamin eine Flamme lodert. Unter dem Knarren der Holzdielen nähere ich mich dem Tisch in der Mitte des Raumes.

Kapitel 13

Die Modellstadt

Ein glänzender Schimmer liegt über der Modellstadt und unter dem hellen Licht sieht die kleine Welt sonderbar echt und lebendig aus. Je weiter ich mich nähere, desto mehr unterschiedliche Bewegungen kann ich in der Stadt wahrnehmen. Den Rauch aus den Schornsteinen habe ich ja schon von der Empore aus gesehen. Nun sehe ich auch das Wasser in einem Brunnen plätschern, die Fahne am Kiosk im Wind wehen und eine Figur einer anderen zuwinken.

In der Mitte der Stadt liegt ein großer Platz, um den herum die verwinkelten Straßenzüge liegen. Nachdem ich eine Weile mit meinen Augen über der Stadt hin und her fliege, kommt sie mir irgendwie vertraut vor. Diese Stadt kommt mir sogar sehr bekannt vor.

Zuerst erkenne ich den Brunnen auf dem Marktplatz, der in unserer Stadt an genau der gleichen Stelle steht. Ich wandere mit den Augen eine vom Platz abzweigende Straße hinunter und treffe an einer Straßenecke auf genau das, was ich dort auch erwartet habe: Die Konditorei von Mias Familie.

Die blaue Telefonzelle vorm gelben Bahnhofsgebäude, von der niemand weiß, warum sie noch niemand abgebaut hat, befindet sich ebenfalls an ihrem gewohnten Ort. Ich versuche, unser Haus in dem Modell aufzuspüren, aber muss feststellen, dass wir zu weit außerhalb wohnen, und offensichtlich nicht mehr auf den Tisch passen. Dieses Schicksal teilt unser Haus mit dem Katzenberg. Ein wenig seltsam finde ich es schon, dass ausgerechnet dieses alte Haus, in dem das Modell steht, auf dem Modell selbst nicht vorhanden ist.

Auch wenn das Modell nicht vollständig ist, so hat der alte Mann im Moosmantel hier zumindest eine exakte Nachbildung des Zentrums meiner Heimatstadt gebaut. Während ich die Miniaturwelt längere Zeit betrachte, fällt mir auf, dass dieser Nachbau nur auf den ersten Blick exakt zu sein scheint.

Auf den zweiten Blick stechen mir die Unterschiede zwischen Realität und Modell ins Auge: In der Konditorei werden keine Torten verkauft, sondern Kerzen. Der passende Schriftzug über dem Verkaufsfenster sagt es auch: Kerzendiele. Auf dem Marktplatz ist auch nicht alles so, wie ich es aus der Stadt kenne. Die Statue, die in der

Mitte des Brunnens den Wasserfällen trotzt, hält ihre Fahne nicht mehr heldenhaft in den Wind, sondern ersticht sich gerade selbst damit. Ein Hochhaus, das etwas außerhalb des Zentrums liegt, wurde im Modell durch einen Leuchtturm ersetzt. In der gläsernen Spitze des Turms, der auf einem Berg aus Felsen steht, brennt ein grelles Licht. Am Leuchtturm vorbei führt eine breite Straße. Aber was es nicht gibt, sind Autos, die die Straße verstopfen.

Während ich die Stadt weiter nach auffälligen Abweichungen absuche, streift mein Blick eine Gruppe von Miniaturfiguren. Besser gesagt: Es sind gar keine Figuren, denn sie sind lebendig und winken mir zu. Ich schüttle meinen Kopf und schaue erneut hin. Sie sehen eher aus wie Menschen, die eben nur sehr, sehr klein geraten sind. Sie sind winzig. Ein kleiner Teil von ihnen kommt mir sehr bekannt vor. Einige von diesen Miniaturfiguren leben in Groß tatsächlich auch in unserer Stadt. Das lässt nun endgültig meine Kinnlade hinunterklappen. Ich sammle mich wieder. Dann stelle ich mir die Frage, ob es auch eine Nachbildung von mir gibt.

Ich schaue mir die Figuren noch einmal genauer an. Da bemerke ich, dass sich die Modellfiguren nicht willkürlich bewegen. Einige der Modellfiguren scheinen wirklich lebendig zu sein und versuchen aufgeregt, mir etwas zuzurufen. Aber ich verstehe sie nicht, denn sie sind zu klein. Ich brauche etwas, das ihre Stimmen lauter macht. Eine Art Megafon! Einen großen Schalltrichter.

Auf der Suche nach etwas Brauchbarem, durchsuche ich den Saal. Ich öffne die oberen Türen eines großen Schranks , der in der Nähe des Kamins steht und finde nichts. Nichts außer ein paar rostigen Schlüsseln an einem rostigen Nagel und einer Sammlung von Farbtuben und verfärbten Wassergläsern mit zerzausten Pinseln.

Ich ziehe an einer der Schubladen am unteren Teil des Schranks. Diesmal gibt es wirklich nichts. In der Schublade herrscht gähnende Leere. Die zweite Schublade hakt etwas, doch nach leichtem Rütteln lässt auch sie sich öffnen. Diesmal sieht der Inhalt zwar interessanter aus, aber ein Trichter ist auch hier nicht zu finden. Eine Eule aus Plüsch, ein Flaschenschiff, ein altes Küchenmesser und ein mit wild gemischten Knöpfen gefüllter Pappkarton haben in der Schublade ihren Platz. Als ich sie wieder schließe, erregt das Klaviergeplänkel des Plattenspielers meine Aufmerksamkeit. Er dreht noch immer hinter dem braunen Ledersessel seine Runden und aus dem türkisfarbenen Schalltrichter quillt die kratzig-rauschige Musik in den Raum. Das ist es, wonach ich gesucht habe!

Vorsichtig nehme ich die Nadel von der Platte und schaue mir den Trichter des Grammophons genauer an. Vielleicht lässt sich der Trichter von der Maschine lösen.

Ich habe Glück, denn er lässt sich mit wenigen Handgriffen abschrauben. Mit dem blütenförmigen Ungetüm in der Hand laufe ich zurück zu der Modellstadt und sehe, dass sich mittlerweile eine kleine Gruppe von Figuren auf dem Marktplatz eingefunden hat. Als sie mich auftauchen sehen, beginnen sie wieder wild zu winken und umherzuspringen. Mit einem Fingerzeig deute ich auf den Trichter des Grammophons und sage, dass sie sich noch einen Moment gedulden müssen, bis ich das Sprachrohr in der Stadt vernünftig installiert habe.

Wo ist ein guter Ort für den Trichter? Wo lässt er sich hinstellen, ohne dass er Gefahr läuft, umzukippen und eine der winzigen Figuren unter sich zu begraben? Dann entdecke ich am Rande des Marktplatzes die breite Treppe, die zwischen zwei Häusern hinauf zu dem höher liegenden Kirchplatz führt. Ich schaue noch einmal nach, ob keine der Figuren in der Nähe ist und schiebe den Trichter dann die Treppe hinunter, bis er von allein hängen bleibt.

Kaum habe ich ein letztes Mal geprüft, ob der Trichter auch wirklich festsitzt, da versammeln sich schon die ersten Miniaturmenschen am unteren Ende der Treppe und rufen in den Trichter hinein: „Hallo! Hallo!“. Es funktioniert wirklich, ich kann sie hören und sie können reden. Das ist unglaublich!

„Jetzt kann ich euch endlich verstehen", sage ich zu der kleinen Menschenmasse.

„Sie kann uns hören!", hallt es aus dem Trichter zurück.

„Wer seid ihr? Und was macht ihr in diesem Modell?", frage ich.

„Wir wissen nicht genau, wer wir sind, aber wir wissen, dass der Mann, der hier wohnt, Gustaf heißt er, dass er uns gebaut hat. Er hat uns aus Papier gebaut und uns Leben eingehaucht. Und manchmal, wenn wir am Morgen aufwachen, dann ist jemand neues da, der auch nicht weiß, wer er oder sie ist. Und jemand anderes ist dann vielleicht verschwunden. Aber aus deiner Welt, also so eine große Figur wie du, die hat sich hier noch nie blicken lassen. Da gibt es bisher nur Gustaf. Du kannst dir vorstellen wie aufgeregt wir waren, als du vorhin plötzlich aufgetaucht bist ", erzählt eine weibliche Figur in einem langen braunen Mantel. Jetzt muss sie sich erst einmal hinsetzen und Luft holen, da sie die ganze Zeit mit aller Kraft in den Trichter geschrien hat.

„Ich bin auch ziemlich überrascht, euch zu sehen", sage ich weiterhin etwas ungläubig.

Da der Frau nun die Stimme fehlt, übernimmt einer ihrer Mitbürger die Aufgabe des Berichterstatters. „Das ist interessant. Also dass du auch überrascht bist", sagt er. „Brauchst du denn auch Hilfe? Glaub mir, hier bei uns möchtest du dich nicht verstecken."

„Nein, Hilfe nicht direkt. Ich bin hier mehr zufällig. Ich habe einen Tunnel gefunden und wollte wissen, wo er hinführt. Und dann bin ich hier bei euch gelandet."

„Ein Tunnel? Das klingt interessant! Vielleicht ist der auch etwas für uns! Aber sag mal, kennst du Gustaf?"

„Er scheint mit meinem Onkel befreundet gewesen zu sein. Aber ich habe ihn noch nie getroffen."

„Da kannst du froh sein. Gustaf übt an uns", fängt er an zu erzählen. „Hast du die Frau im Wandschrank gesehen?".

Ich nicke.

„Sie hat sie gesehen!", geht ein Raunen durch die Menge.

„Sie ist das Papiermodell seiner Ehefrau. Seiner verstorbenen Ehefrau. Was genau mit ihr passiert ist, wissen wir auch nicht, aber sie lebt nicht mehr. Und obwohl sie tot ist, bedeutet sie Gustaf mehr als alles andere. Er steht immer wieder da, wo du jetzt stehst und hält lange Reden. Die Reden hält er mehr für sich selbst als für uns. Aber wenn man ihm dabei zuhört, dann lernt man eine Menge über ihn. Und daher wissen wir auch, dass dieses Papiermodell seiner Frau das eigentliche Modell ist, das Gustaf zum Leben erwecken möchte. Und damit das irgendwann funktioniert, übt er an uns."

Als Reaktion auf das Gesagte gucke ich scheinbar etwas skeptisch, denn mein Berichterstatter unterbricht seine

Rede und wirft einige Erklärungen ein.

„Gustaf ist Papierkünstler und meint, dass er auch Magier ist. Er kann Dinge zum Leben erwecken, also mehr oder weniger. Es läuft nicht immer alles nach Plan, so wie er sich das vorgestellt hat. Er probiert an uns Papierfiguren herum, um endlich das Modell seiner Frau zum Leben erwecken zu können. Bei seinen Experimenten mit uns klappt es so einigermaßen, aber er nennt uns fehlerhaft. Und doch redet er manchmal auch ganz respektvoll mit uns. Vielleicht mag er uns sogar. Vielleicht auch nur, weil wir die einzigen sind, mit denen er reden kann. Vor kurzem hat er auch einmal probiert, das Modell seiner Frau zum Leben zu erwecken, aber sie hat nur einen Finger bewegt. Jetzt scheint er langsam einzusehen, dass er mit dem Modell seiner Frau niemals zufrieden sein kann oder wird. Er ist dabei, aufzugeben. Wir haben Angst vor dem, was jetzt kommen könnte. Er ist so verzweifelt. Und wir sind von ihm abhängig. Wir sind ihm und seinen Launen völlig ausgeliefert."

Kaum hat er die letzten Worte ausgesprochen, da kann ich mit eigenen Augen sehen, was genau mit dem Leben in dieser Modellstadt nicht stimmt. Was er gemeint hat, als er sagte, dass sie fehlerhaft seien. Plötzlich wird das Leben, die Handlungen, die Töne und alles auf dem Tisch zurückgespult. Alles läuft rückwärts. Alle laufen rückwärts dorthin, wo sie hergekommen sind und das in einem atemberaubenden Tempo. Selbst der kleine Bach, der neben dem Marktplatz entlang fließt, ändert die Richtung. Wer hat bloß die Taste für „Zurückspulen mit Bild" gedrückt? Das frage ich mich, als plötzlich alles wieder stoppt und für einen Moment stillsteht, um dann wieder vorwärtszulaufen.

„Was war denn das?", rufe ich den nun verstreut in der Stadt umherlaufenden Figuren entgegen.

„Das passiert öfter und wir können nichts dagegen machen. Wir können immer nur alles mit ansehen und uns nicht wehren. Wir sind dann Gefangene in unseren Körpern und sehen dabei zu, wie alles rückwärtsläuft. Das ist es wohl, was Gustaf meint, wenn er sagt, dass wir fehlerhaft sind", sagt der Mann etwas geknickt.

„Ich finde euch nicht fehlerhaft", versuche ich die versammelte Mannschaft aufzubauen. „Aber ihr erlebt da wirklich", ich suche einen Moment nach einem unverfänglichen Wort „unglaubliche Dinge. Ich meine, wie ist das denn für euch, wenn auf einmal alles rückwärtsläuft?"

„Das ist, als würde alles weiter vorwärtslaufen, aber außerhalb von deinem Körper läuft alles rückwärts. Und dann fällt dir auf, dass auch dein Körper rückwärtsläuft. Du versuchst, dagegenzuhalten, aber dein Körper reagiert nicht", ruft die Frau, die gerade noch außer Atem war, aus dem Hintergrund.

„Und wisst ihr, wie Gustaf das macht, dass ihr anfangt zu leben? Wie kriegt er es denn hin, dass sich alles bewegt?", frage ich noch immer verwundert.

„Wie schon gesagt, Gustaf sagt von sich selbst, dass er Magier sei. Das hilft da natürlich enorm", fährt der Mann weiter fort. „Aber er hat auch mal erwähnt, dass er, um etwas zum Leben zu erwecken, noch ein Zaubererz braucht. Dieses Erz baut er hier in der Nähe selbst ab. Dort, wo glitzernde, rote Blumen wachsen, soll das Vorkommen besonders hoch sein. Hat er das Erz aus der Erde geholt, dann wird es gereinigt und gemahlen. Wenn er das Erz dann auf etwas streut, dann beginnt es zu leben", erklärt der kleine Berichterstatter mit einem gewissen Stolz.

Das ein oder andere Licht geht mir nun auf. Der Tunnel ist nicht nur ein Tunnel, der von unserem Haus nach hier oben führt. Es ist auch ein Bergwerk, in dem dieses Zaubererz abgebaut wird. In dem Tunnel bin ich auch bereits auf eine der rot glitzernden Blumen gestoßen, die besonders oft da vorkommen, wo sich Zaubererz befindet. Und was hatten Georg und Elmar davon? Warum hatten sie sich denn mit Gustaf zusammengetan? War mein Onkel etwa auch ein Zauberer? Die Vorstellung finde ich mehr als spannend, denn das würde heißen, dass ich auch magisches Blut in mir habe.

Doch die Figuren können nicht weitererzählen.

Plötzlich hören wir ein Knarren aus dem Zimmer nebenan. Ich schaue zur Tür und dann wieder zur Modellstadt. Die Straßen sind leer. Ich sehe nur noch, wie die letzten Figuren in ihre Häuser rennen. Dann blicke ich noch einmal zur Tür und sehe, wie sich die Tür zum Saal langsam öffnet. Ich schnappe mir den Trichter vom Grammophon, renne mit fast still stehendem Atem zu einer der anderen Türen, die aus dem Saal hinausführen und verschwinde. Gustaf scheint unberechenbar zu sein. Auf ein Zusammentreffen mit ihm kann ich verzichten.

.

Kapitel 14

DAS ZIMMER

Hinter mir fällt die Tür mit einem leisen Klack ins Schloss. In das obere Türblatt sind farbige Glasfenster eingelassen, sodass ich weiterhin einen Blick auf das Geschehen im Saal habe, wenn auch nur einen verschwommenen. Ich versuche zu erkennen, wer gerade den Saal betritt. Wie vermutet, ist es Gustaf. Er setzt sich auf den breiten Ledersessel. Er wirkt abwesend, denn er ist still und bewegt sich nicht. Mit einem Blick auf den Trichter in meiner Hand durchfährt mich ein Schreck. Irritiert es Gustaf nicht, dass die Musik aufgehört hat zu spielen? Erleichtert stelle ich fest, dass er weiter regungslos in dem Sessel sitzt und ihn das nicht mehr spielende Grammophon nicht zu stören scheint. Er hat sich in den Sitz zurückgelehnt und droht jeden Augenblick von ihm herunterzugleiten. Seine Arme hängen schlaff an seinem Körper und von den Armlehnen herab und sein Blick scheint sich irgendwo zwischen ihm und der Modellstadt in der Luft zu verlieren. Er hat mich nicht bemerkt, aber dieser apathische Blick, der sein Gesicht überzieht, lässt mich Schlimmes befürchten. Gustaf sieht hilflos aus, aber ich weiß nicht, was ich tun soll. Ich will mehr wissen und erfahren, was genau mein Onkel mit Gustaf zu tun hatte. Hatte auch er etwas mit dem Zaubererz gemacht?

Zunächst muss ich den unhandlichen Trichter wieder loswerden und mich im Haus neu orientieren. Direkt neben mir steht ein massives Sideboard, das mit Stapeln alter Zeitungen beladen ist. Den Trichter stelle ich darauf und verstecke ihn dann noch so gut es geht hinter einer großen Vase, in der ein staubverhangener Strauß aus Trockenblumen steht.

Ich schaue mich weiter um. In welchen Teil des Hauses hat mich meine Flucht vor Gustaf geführt? Ich befinde mich nun in der großen Eingangshalle des Hauses. Oder besser gesagt, in einem kleinen Gang, der direkt in die Eingangshalle mündet. Ich gehe ein paar Schritte weiter. Auch in der Halle hängt ein schwerer Kronleuchter von der Decke herab, ähnlich wie in dem Saal. Aber da von allen Glühbirnen, die er tragen kann, nur eine brennt, ist die Halle in schummrige Halbfinsternis getaucht. Als ich um die Ecke schaue, entdecke ich in der Halle die beeindruckende Haupttreppe des Hauses.

Die mit dunkelgrünem Teppich überzogenen Holzstufen führen über zwei Zwischenpodeste in die obere Etage. Es knarrt fürchterlich, als ich auf die erste Stufe trete. Den Blick auf den oberen Treppenabsatz gerichtet, schleiche ich angespannt nach oben. Dort finde ich wieder einen langen Flur mit vielen Türen vor und Wände, die mit der guten alten Blumentapete behangen sind. Der Lauf des Flurs führt mich um die Ecke und ich stelle fest, dass ich in dem Flur bin, den ich anfangs über die kleine Stiege erreicht habe.

Am anderen Ende des Flures kann ich das Geländer der Empore sehen, die den oberen Teil des großen Saales umrandet. Ich gehe hinüber und gucke wie schon zuvor hinab. Gustaf sitzt noch immer in seinem Ledersessel und rührt sich nicht.

Plötzlich höre ich ein Knarren. Ich drehe mich um, nichts ist zu sehen. Dann fällt irgendwo eine Tür zu. Ich schaue erneut zu Gustaf. Er sitzt immer noch regungslos da. Auf einmal höre ich Schritte wie Schläge auf den Boden hämmern. Wer ist noch in diesem Haus? Mein Herz rast. Wo kann ich mich verstecken? Dann fällt mein Blick auf eine der Türen des Flurs. Noch bevor ich nachdenken kann, habe ich sie schon geöffnet und bin hinter ihr verschwunden. Mit trockenem Mund und feuchten Händen stehe ich in der Ecke eines dunklen Zimmers und starre zu der verschlossenen Tür. Ein leichter Lichtschimmer scheint aus dem Flur unter der Tür hindurch in das Zimmer. Draußen höre ich Schritte näher poltern und dann herrscht Stille.

Zwei kleine Schatten sind unter der Tür zu erkennen. Jemand steht direkt vor der Tür! Die Stille frisst mich auf. Als sich die Tür langsam öffnet, höre ich auf zu existieren. In einer Totenstarre stehe ich nur da und starre auf die Tür. Starre auf die Stelle, an der der unbekannte Jemand gleich erscheinen würde. Dann sehe ich die dunklen Umrisse einer Gestalt im Türrahmen. Mein Mund wird zur Wüste und meine Hände beherbergen ein Feuchtbiotop. Als mein Herz kurz davor ist, ein letztes Mal zu schlagen, macht die Gestalt das Licht an. Und da ist es wieder! Das Gesicht wie in Kaugummi gehauen. Der Jemand ist Paul. Mein Magen krümmt sich und mein Kiefer macht einen weiten Satz nach unten.

Mein Herz rast und droht, immer wieder zu stolpern. Meinem Herz wäre zur Erholung wohl ein fünfäugiges Monster mit Schleimüberzug und alles zerfetzenden Krallen lieber gewesen. Aber da steht nun Paul vor mir.

Paul blickt mich nur kurz mit weit aufgerissenen Augen an. Dann schließt er hektisch die Tür wieder hinter sich. Daraufhin stehen wir eine Weile wortlos so zusammen herum. Er vor mir und ich vor ihm.

„Was machst du hier? Ach, Sorry, ich bin Paul", sagt er und streckt mir seine Hand entgegen.

„Ich glaub ich kenn dich aus der Schule. Ich heiße Emma", platzt es unglaublich souverän aus mir heraus. Ich vergesse nur, ihm auch meine Hand zum Schütteln entgegenzustrecken.

„Ja, ich hab dich auch schon mal in der Schule gesehen. Du bist doch mit Mia befreundet, oder?"

Ich nicke.

„Warum bist du denn nicht auf der Party von Tobias? Was machst du hier?"

So sollte er mir nun auch nicht kommen.

„Was machst DU denn hier?", frage ich ihn.

„Ich mein, ich hätte mit allem gerechnet, aber nicht damit, dich hier zu treffen", stammelt er, während er das Grinsen in seinem fast unzerkauten Kaugummigesicht aufrechterhält.

Hmm, Schnaaak, Schnikk und Schnuck sind die Worte, die ich aus meinem Mund herauspresse, um nicht nichts sagen zu müssen. Und dann erfasst mich ein Wortgeschwader, das mich mit Worten bombardiert, woraufhin ganze Sätze aus mir herauskommen .

„Was meinst du wohl wie es mir geht? Ich war draußen auf dem Flur und da waren plötzlich diese polternden Schritte und dann bin ich hier in dieses Zimmer geflüchtet. Als du dann gerade die Tür aufgemacht hast, wäre mein Herz fast stehen geblieben. Ich hab gedacht, es wäre Gustaf, der mich mit aller Gewalt aus seinem Haus schmeißen will. Kennst du überhaupt Gustaf?", frage ich Paul, der mich mit leicht geknicktem Kopf anstarrt.

„Naja, ich kenne ihn nicht richtig, aber mein Onkel wusste viel über ihn. Er ist letzten Monat gestorben und hat mir kurz vorher noch unglaubliche Geschichten über sich und Gustaf erzählt."

„Heißt dein Onkel zufälligerweise Elmar?", frage ich, obwohl ich die Antwort längst kenne. Paul nickt und ich weiß endlich, wer der Dritte im Bunde war. Wer der zweite Freund meines Onkels war, mit dem er irgendwelche geheimen Pläne geschmiedet hatte. Zufälle gibt's, die gibt es gar nicht!

Paul und ich verkriechen uns in dem Zimmer des alten Hauses und lassen uns in der Ecke hinter der Tür auf ein verstaubtes Sofa fallen. Ich bin so froh, dass wir sofort ein gemeinsames Thema haben, über das wir uns unterhalten können. Keine Spur von bedrückendem Stillschweigen. Das ist sehr erleichternd.

Wir tauschen uns darüber aus, was wir über das Haus, Gustaf und über das gemeinsame Projekt der drei Männer wissen. Paul wusste nicht, dass ich die Nichte von Georg bin. Sein Onkel Elmar hatte zwar den Namen „Georg" erwähnt, aber er hatte mich nie mit ihm in Verbindung gebracht.

„Und ich dachte immer mein Onkel spinnt, wenn er mir von Gustaf und Georg und den ganzen geheimen Plänen erzählt hat", sagt Paul und schüttelt etwas verwirrt den Kopf. Er erzählt mir, dass auch von seinem Elternhaus ein Tunnel hinauf zu der Ruine führt. Ich verstehe, dass es seine Fußspuren waren, die mir in dem unterirdischen Gang so einen Schrecken eingejagt haben. Die beiden Tunnel führen von den Häusern weg, treffen sich dann und führen gemeinsam zum Berg hinauf.

Paul war durch seinen Onkel Elmar bestens informiert. Er fängt an, mir die beinahe vollständige Geschichte der drei Freunde zu erzählen:

„Gustaf kam damals als Papierkünstler mit einer Wanderausstellung in die Stadt. Er lernte Nora, die Schwester von Elmar, kennen und die beiden verliebten sich ineinander. Er war der unnahbare Künstler mit unbekannter Herkunft, der voller Geheimnisse war. Nora war ebenfalls geheimnisvoll, weil sie mit kaum jemandem außerhalb der Familie redete. Elmar und Nora lebten damals als Geschwister beide noch zusammen bei ihren Eltern im Haus. Elmar brachte Gustaf dann an einem Tag mit zum Abendessen nach Hause. Elmar hatte Gustaf zuvor bei einem Vortrag über Rituale und Symbole der Heiden kennengelernt. Den Vortrag hatte Elmar übrigens zusammen mit deinem Onkel besucht.

Bei dem späteren Abendessen lernten sich jedenfalls Nora und Gustaf kennen. Und Gustaf freundete sich dann auch mehr und mehr mit ihrem Bruder Elmar an, der wiederum ein alter Schulfreund von deinem Onkel Georg war. Mit der Zeit wurden dann Gustaf, Elmar und Georg sehr gute Freunde. Nora und Gustaf heirateten sogar, wie du weißt.

Irgendwann hat Gustaf über einen Makler dieses Haus hier oben gefunden. Er fand es ideal als Ausstellungsort für seine Papierkunst. Und auch als Atelier und als Ort zum Leben für sich und Nora. Es war so schön abgelegen. Und weil das Haus so schwer zu erreichen war, wäre jeder Besuch seiner Ausstellungen etwas Besonderes. Mit dem Haus würde er sich und seine Kunst über die Stadt stellen. Und wenn er dort eine leuchtende Ausstellung machen würde, könnte man von überall in der Stadt den Glanz sehen. Das war marketingtechnisch schon echt clever. Schließlich kaufte er das Haus.

Außerdem hatte Gustaf hier oben auf dem Berg angeblich so etwas wie ein Zaubererz gefunden. Mein Onkel meinte, dass man mit diesem Erzzeug Dinge zum Leben erwecken könne, zumindest dann, wenn man selbst besondere Kräfte besitzt. Gustaf soll eben diese Kräfte gehabt haben, um mit dem Erz richtig umgehen zu können. Du kannst dir vorstellen, wie ich ihn angeguckt habe, als er mir das erzählt hat. Ich meine, wie soll das funktionieren? Und was meint er damit überhaupt?"

Es folgt ein kurzes zermürbendes Schweigen. Darauf habe ich keine Antwort und zucke nur kurz mit den Schultern. Dann fährt Paul fort:

„Mein Onkel klang wirklich total überzeugt von der Sache, aber ich kann mir einfach nicht vorstellen, dass es wahr ist, dass sie mit einem Zaubererz herumexperimentiert haben."

Plötzlich muss ich daran denken, wie viele Gedanken ich mir darüber gemacht hatte, was passieren würde, wenn ich mich das erste Mal mit Paul unterhalte. Ich hatte riesige Angst, dass wir uns nichts zu sagen haben könnten. Nun scheint diese Angst so weit weg. Ein Grinsen zieht sich über mein Gesicht und Paul schaut mich etwas irritiert an.

Wenn ich jetzt daran denke, wie ich da auf einmal vor Paul stand und mit ihm redete, dann sehe ich das wie ein Erlebnis außerhalb von Zeit und Raum. Zu unfassbar, um es auf ein einfaches Gespräch festzupinnen. Da ist einfach Paul und redet mit mir über seinen magischen Onkel und den Tunnel. Aber in Wirklichkeit bin da nur ich, ein verknallter Teenager, der angeknipst wurde, wie ein Flutlicht. Und dabei mag ich gar kein Fußball.

„Ich kann es auch kaum glauben", sage ich. „Es ist alles so unfassbar. Aber ich habe vorhin selbst etwas gesehen, das mich die ganze Geschichte glauben lässt."

„Was meinst du? Was hast du gesehen? Ich weiß nicht, was ich von der Geschichte mit der Magie halten soll", sagt Paul.

Dann erzähle ich Paul von dem, was ich im Saal gesehen habe. Wie Gustaf mit ein bisschen Herumgewedele in der Luft die Modellstadt zum Leben erweckt hat und ich erzähle von den kleinen Figuren und dem, was sie mir erzählt haben.

„Also hat Elmar mir doch keinen Müll erzählt? Das Zaubererz gibt es wirklich? Ich kann's nicht fassen! Und ich habe immer gedacht, mein Onkel spinnt nur herum", sagt Paul seltsam erleichtert.

Ich frage Paul, wie sie denn dann auf die Idee gekommen seien, einen Tunnel zu bauen.

„Damals als Gustaf das Haus gekauft hat, war ihm vermutlich schon bekannt, dass da so etwas wie das Zaubererz nur darauf wartete, abgebaut zu werden. Er schien sich schon immer für besondere Dinge interessiert zu haben. Elmar hat mir gegenüber behauptet, dass Gustaf über besondere Kräfte verfügt. Er hat ihn einen Magier genannt. Das konnte ich kaum glauben. Jedenfalls war ein unterirdischer Gang zum Zeitpunkt des Kaufs bereits vorhanden. Den hatten die Vorbesitzer oder deren Ahnen illegalerweise auf der Suche nach Kohle gebaut. Mein Onkel Elmar konnte sich gut vorstellen, dass Gustaf den Tunnel vor dem Kauf bereits ausgekundschaftet hatte.

Die drei Männer haben ihn dann zusammen weiter ausgebaut, um an das Zaubererz zu gelangen. Gustaf war von Anfang an derjenige gewesen, der um die besondere Macht des Erzes wusste. Um ihr Projekt zu verwirklichen, mussten die drei aber sehr viel Erz abbauen. Dabei entstand dann das Tunnelsystem, das heute noch alle drei Häuser miteinander verbindet. Schon Wahnsinn, was die drei da zu Stande gebracht haben."

„Ich find es Wahnsinn, dass die Stadt noch steht und noch kein Haus im Erdboden versunken ist! Das ist schon Wahnsinn."

„So komplex ist das Tunnelsystem ja nun auch nicht, dass der Boden unter der Stadt nun ein löchriger Käse ist."

„Bist du dir da sicher?" hake ich nach. „Wer weiß, wo sie noch überall nach Erz gesucht haben."

„Stimmt, das wissen wir nicht."

„Was ich immer noch nicht verstehe, ist wozu sie das Zaubererz brauchten. Sie hatten ja wirklich massig Arbeit mit dem Abbau von dem Zeug. Da müssen sie doch einen Grund für gehabt haben. Sonst grabe ich doch nicht mehrere Tunnel."

„Sie hatten einen echt abgefahrenen Plan! Ich würde es voll feiern, wenn sie bis heute Erfolg gehabt hätten."

„Sie wussten dank Gustaf ja von Anfang an, dass dieses Zaubererz etwas Besonderes bewirkt. Anscheinend kann man damit sogar Papierfiguren zum Leben erwecken.

Also was war ihr Plan mit dem Erz?"

„Sie brauchten das Zaubererz, um diverse Schauerfiguren und Spezialeffekte zum Leben zu erwecken. Sie wollten hier oben auf dem Berg gemeinsam eine Art Grusel-Fantasie-Erlebniswelt errichten. Die Idee war wohl durch die damals in ungewohnter Vielzahl erscheinenden Horrorfilme entstanden. Es schien, einen Markt zu geben."

„Das wird ja immer absurder," werfe ich ein. „Andererseits wäre etwas Abwechslung genau das, was diese eingeschlafene Stadt braucht."

Paul grinst. Er verstand, was ich damit meine.

„Wobei diese sterilen Vorgärten aus Kieselsteinen auch schon einen gewissen Gruseleffekt haben."

„Vielleicht sollten wir die Kiesel in den Vorgärten mal mit Zaubererz bestreuen. Steingarten greift Besitzer an! Ich sehe schon die Schlagzeilen."

„Kiesel werden mit Grünbelagentferner bedrängt. Bienenvolk kommt zur Verstärkung!"

Nachdem wir einige Zeit über den drohenden Aufstand von Kiesel, Steinen und Schotter philosophiert haben, kommen wir wieder zum eigentlichen Thema zurück.

„Jetzt erzähl nochmal von dem Projekt mit dem Spukhaus," fordere ich Paul auf. „Die drei wollten sich also mit einem Spukhaus selbständig machen?"

„Naja, fast. Es sollte eben nicht einfach ein Spukhaus

sein, sondern eine ganze Welt. Und die Welt sollte die Menschen nicht nur gruseln, sondern einen echten Urlaub von der Realität ermöglichen. Das klingt doch solide, oder? Und so eine Grusellocation lebt davon, dass da viel Unheimliches passiert. Um möglichst viele Leute anzulocken und ein erfolgreiches Geschäft zu führen, müssten die Figuren aber besonders real und lebendig wirken. In normalen Spukhäusern benötigt man viel Technik, um die Dinge zum Leben zu erwecken und sie möglichst real erscheinen zu lassen. Und zwar viel Technik, die sich nicht verstecken lässt. Und selbst mit viel sichtbarer Technik hätte kein Effekt so ganz echt ausgesehen.

Gustaf, Georg und Elmar benötigten also das Zaubererz, um alle Gruselfiguren und die ganze Welt darum lebendig werden zu lassen. Gustaf sollte der Creative Art Director sein und sich um die künstlerische Ausgestaltung kümmern und die Figuren entwickeln und gestalten. Die anderen beiden waren eher die Männer fürs Grobe und für die Finanzen.

Sie hatten schon einige Ideen. Es sollte zum Beispiel eine Frau im Leichengewand durch die Eingangshalle schweben, sobald jemand die Tür hinter sich schloss. Jedes Gemälde sollte seine Augen bewegen und vielleicht sogar nach dem Gast greifen können. Ein kopfloser Butler würde zwischendurch Erfrischungen servieren. An jeder Ecke im Haus sollte man sich beobachtet fühlen. Je weiter die Leute dann in das Haus kamen, desto tiefer würden sie in eine fantastische Landschaft eintauchen. Sie wollten, wie schon gesagt, kein einfaches Spukhaus erschaffen, sondern eine verzauberte Welt, die man betreten konnte. Soweit der Plan."

„Und wie weit sind sie mit ihrem Plan gekommen?"

„Für die Umsetzung brauchten sie sehr viel Zaubererz. Denn um die Figuren am Leben zu erhalten, hätte man sie immer wieder mit dem Erz bestreuen müssen. Aber so weit ist es nie gekommen. Sie hatten nur ein bisschen fantasiert, geplant und experimentiert. Bevor sie ihr Projekt verwirklichen konnten, starb Gustafs Frau Nora. Und danach war alles anders und Gustaf kehrte sich von allen ab. Es hat nie jemand von ihren Plänen erfahren. Die Grusel- und Fantasiewelt wurde nie eröffnet."

Pauls Erzählung war voll von neuen Informationen, die ich erstmal verdauen muss. Von Gustafs Ehefrau haben mir schon die Figuren in der Modellstadt erzählt. Aber Genaues wussten sie auch nicht. Ich erzähle Paul, dass ich im Erdgeschoss in einem Wandschrank eine lebensgroße Puppe aus Papier gefunden habe und dass die Figuren aus der Modellstadt meinten, dass es eine Nachbildung von Nora sei.

„Sie haben mir dann erzählt, was es mit der Puppe auf sich hat. Gustaf versucht, seine Frau aus Papier nachzubauen, um sie dann mit Hilfe des Zaubererzes zum Leben zu erwecken. Aber es funktioniert anscheinend nicht so richtig und Gustaf verzweifelt immer mehr daran. Weißt du mehr über das, was mit seiner Frau Nora damals passiert ist?", frage ich Paul.

„Ja, mein Onkel hat mir die Geschichte erzählt. Wie gesagt, kam Gustaf eines Tages als Papierkünstler in die Stadt. Schon damals trauten einige der Einwohner ihm nicht über den Weg und mieden ihn. Gustaf war den Einwohnern zu anders und zu fremdartig. Man dichtete ihm allerlei Geschichten an, die sich nach und nach verselbständigten. Auf dem Marktplatz machten Gerüchte die Runde, die Gustaf entweder zum Jahrhundert-Betrüger oder Teufelsanbeter machten. Elmar jedenfalls störte sich nicht an dem Gerede. Er war ein offener Geist, der sich seine eigene Meinung von anderen Menschen bildete und das hatte er mit deinem Onkel Georg gemeinsam. Zusammen mit Gustaf schienen sie das perfekte Trio zu sein, um der Stadt neues Leben einzuflößen.

Aber zurück zu Nora. Sie und Gustaf lernten sich kennen und die beiden heirateten. Leider traf Gustaf währenddessen in unserer schönen Stadt auf immer mehr Feindseligkeit. Für viele der Einwohner war er wie schon gesagt seltsam, böse und unverständlich. Und weil sie ihn nicht verstanden, begannen sie ihn zu verachten. Er stand ständig unter Tatverdacht, egal was passiert war. Nora

stand weiter zu ihm und die beiden lebten etwas abge-
schnitten hier oben auf dem Berg. Sie zogen sich zurück
und führten ein eher abgeschiedenes Leben. Außer Elmar
und Georg besuchten sie nur wenige Menschen. Dass Elmar und Georg sie besuchten, fand man verdächtig und
schließlich begann man auch sie zu verachten.

Die Situation begann aber vor allem für Nora zu eska-
lieren. Erst glaubte sie noch, man hätte sie nur zufällig an-
gespuckt, als sie einmal zusammen mit Gustaf auf dem
Markt einkaufen war. Irgendwann wurde deutlich, dass
die Einwohner der Stadt sie auch schikanierten, wenn sie
allein unterwegs war.

An einem kalten Wintertag fand dann in der Stadthalle
ein Weihnachtsfest statt, zu dem alle aus der Stadt eingeladen waren, um besinnlich und ach so fröhlich zu feiern.

Jedenfalls wollte Gustaf eigentlich gar nicht dort hinge-
hen, aber Nora schon. Für sie war Weihnachten ein Fest
des Friedens, an dem man Feindseligkeiten bei Seite schob
und aufeinander zuging. Sie dachte wohl, dass man alles
noch klären könne, und dass ein friedliches Leben miteinander in der Stadt möglich sei. Nora überredete Gustaf
und schließlich gingen sie zusammen zu dem Fest. Georg
und Elmar waren nicht dort, weil sie mit „den ganzen
scheinheiligen Pappnasen", wie mein Onkel es sagte,
nichts zu tun haben wollten.

Also standen Nora und Gustaf auf der Feier allein

herum und wurden von den anderen gemieden. Laut Aussage der anderen Partygäste betranken sie sich und begannen zu streiten. Gustaf sei sauer gewesen, dass ihn Nora dazu überredet hatte, mit zu der Feier zu kommen. Gustaf ist dann nach Hause gegangen und Nora blieb allein zurück und betrank sich weiter. Irgendwann muss sie dann nach draußen gegangen sein, vielleicht nur um frische Luft zu schnappen, denn ihren Mantel nahm sie nicht mit. Den hatte sie an der Garderobe hängen lassen. Aber darum hatte sich keiner der anderen Gäste gekümmert.

Im Morgengrauen, als Nora noch immer nicht zurück nach Hause gekommen war, fing Gustaf an, sich Sorgen zu machen. Er hatte die Nacht damit verbracht von ihrem Haus aus hinab auf die Lichter der Stadt zu schauen. Immer in der Hoffnung, dass bald ein Zeichen seiner Frau auftauchen würde. Das waren die letzten Stunden seines Lebens in denen er Hoffnung hatte.

Nora tauchte nicht auf. Schließlich machte sich Gustaf auf den Weg, um seine Frau zu suchen. Um keine Spur zu verpassen, ging er den ganzen Weg zu Fuß. Vom Berg hinab und in die Stadt, bis zum Platz vor der Stadthalle. Es war schon ganz still. Die Feier war längst vorbei. Gustaf schaute sich um und er fand Nora, nur einige Meter von der Stadthalle entfernt. Sie lag mit dem Gesicht im Schnee. Sie bewegte sich nicht. Sie war tot. Scheinbar war sie völlig betrunken in den Schnee gefallen, eingeschlafen und nicht wieder aufgewacht. Das war die Geschichte, die die Stadt sich erzählte."

Paul und ich schlucken. Einen Moment lang ist es still. Dann setzt Paul seine Erzählung fort.

„Gustaf hatte nach einem Streit seine Frau allein auf der Feier zurückgelassen. Nun war sie tot. Er hätte in Selbstvorwürfen versinken können, weil er Nora auf der Feier allein zurückgelassen hatte. Aber dann entdeckte er etwas, das ihm zeigte, dass jemand anderes gewusst haben musste, dass sie ohne Mantel und betrunken nach draußen gelaufen war. Die anderen fröhlichen Partygäste hatten ihren Mantel und ihren Schal einfach vor die Tür der Stadthalle geschmissen. Und als Krönung hatten sie oben auf den Kleiderberg auch noch eine Nachricht für Nora hinterlassen: ‚Für unsere geliebte Schnappsdrossel'. Damit war für Gustaf klar, dass Nora erfrieren musste, weil die Stadt ihr nicht helfen wollte. Anstatt ihr zu helfen, wollte man sich lieber über sie lustig machen.

Von offizieller Seite wurde alles als unglücklich verlaufenes Ereignis eingestuft. Jedenfalls wurde nie irgendwer verurteilt. Aber für Gustaf war klar, dass er nicht allein Schuld hatte am Tod seiner Frau. Die Schuld lag auch auf Seite der Stadt.

Nach Noras Beerdigung zog sich Gustaf ganz auf den

Berg zurück und brach jeglichen Kontakt zur Außenwelt ab. Er war mürrisch und aggressiv. Irgendwann trauten sich selbst Georg und Elmar nicht mehr auf den Berg zu Gustaf. Sie hatten das Gefühl, dass hier oben nichts mehr mit rechten Dingen vor sich ging. Tja."

Dann sitzen Paul und ich eine Weile einfach so herum. In aller Stille schweigen wir uns an. Mit meinen Gedanken hänge ich irgendwo zwischen der Vergangenheit und dem Hier und Jetzt. Aber nur so lange, bis ich Pauls Fuß bemerke, der an meinem Bein angelehnt ist. Ein Schauer geht durch meinen Körper, der glücklicherweise im Halbdunkel versteckt liegt. Aus meinen Augenwinkeln versuche ich unauffällig zu überprüfen, ob Paul meine Aufregung bemerkt. Sein Gesicht ist von Schatten umhüllt, aber irgendwo sehe ich ein funkelndes Auge, das meinen Blick auffängt. Ich höre meinen lauten Atem aus meinem Mund strömen und dann ist alles anders. Plötzlich, ein Schrei!

Kapitel 15

Im Nebel

„Hast du das gehört?", sagt Paul aufgeregt, hockt sich hin und lehnt sein Ohr gegen eine der Mauern. Ich will ihm gerade klar machen, dass es bestimmt Gustaf war, da höre ich auch etwas, direkt hinter der Wand, die uns vom Nebenzimmer trennt. Aber das sind keine Stimmen, die ich dort höre, sondern ein Plätschern und Rauschen. Schneller als ich es für möglich gehalten hätte, hocke ich mich neben Paul und horche ebenfalls an der Wand, aber es ist alles schon wieder still.

Skeptisch blicken wir uns gegenseitig in die Augen. Ohne Worte ist uns klar, dass wir beide dasselbe denken. Wir gehen zur Tür und kontrollieren durch einen Spalt, ob die Luft auf dem Flur rein ist. Es ist niemand zu sehen oder zu hören und so schleichen wir zur Tür des Nebenzimmers. Es scheint kein Licht unten durch die Tür und auch durch das Schlüsselloch lässt sich nichts als

Dunkelheit erkennen. Als Paul die Türklinke hinunter-
drückt, stockt mir der Atem. Es ertönt das mittlerweile
vertraute Quietschen der Türangeln. Ansonsten ist da
nichts. Es bleibt still und dunkel. Wir schalten das Licht
an und finden einen menschenleeren Raum vor. An den
Wänden schlängeln sich Regale mit Stapeln alter Zeitungen und Farbeimern entlang. Wir schauen uns noch kurz
um, aber da ist nichts, was die Geräusche von vorhin hätte
verursachen können. Wir gehen wieder in das Zimmer zurück und setzen uns auf den Boden.

„Da war doch was", sage ich.

„Nach tropfendem Wasser hat sich das nicht angehört",
sagt Paul.

„Irgendwas geht dort vor sich."

Es hat sich vorhin so angehört, als sei dies keine massive
Wand und als könne man alles hören, was im Raum nebenan passiert. Wir tasten die Mauer ab. Paul klopft auf
der Wand herum und es klingt hohl. Ich vermute dort eine
Geheimtür. Aber wo soll die hinführen, wenn im Raum
nebenan doch alles voller Regale ist?

Ich betrachte die Wand noch einmal genau. Tatsächlich!
Da ist ein langer Riss, ein Spalt, der sich zur Decke und
dann wieder zurück zum Boden schlängelt. Und der Teil
der Wand, den der Spalt umschließt, ist glatter als der Rest
der Wand. Ich rücke ein Stück von der Wand zurück, dann
wird das Bild ganz deutlich. Es kann nur eine Tür sein.

Eine Geheimtür, die von unserem Zimmer in ein anderes führt. Ein Ort, an dem es plätschert und von wo vorhin kurz ein Schrei zu hören war.

Das unerklärliche Rauschen ist nun wieder zu hören. Diesmal jedoch mischt sich ein Quietschen in das Rauschen und Plätschern. Was befindet sich hinter der Tür? Um dieses Rätsel zu lösen, müssen wir zuerst die Frage beantworten, wie wir die Tür öffnen könnten. Es gibt weder eine Klinke noch ein Schloss. Mit Händen, Armen, Beinen und Schultern stemmen wir uns schließlich gegen die Wand.

Es tut sich nichts und wir geben wieder auf. Wir lehnen beide mit dem Rücken an der Wand. Wenige Zentimeter voneinander entfernt, schauen wir einander an. Da spüre ich wieder, dass ich verliebt bin. Verliebt in den Jungen, der neben mir an der Wand lehnt und mich jetzt anschaut. Die Anstrengung fließt von mir ab. Ich will mich gerade zu Boden sinken lassen, da öffnet sich die Tür mit einem langsamen Schwenken. Aus dem Gleichgewicht gebracht, landen Paul und ich auf dem Boden. Unsere erstaunten Augen treffen sich.

Aus der Tür quillt Nebel hervor, und bevor ich verstehe, was geschieht, bin ich bereits von Kopf bis Fuß von ihm eingehüllt. Ich bin zuerst überrascht und dann orientierungslos. Der Nebel ist unfassbar dick und ich kann nichts mehr sehen. Ich höre Paul meinen Namen sagen, aber weil er sich immer weiter zu entfernen scheint, beginne ich seinen Namen zu rufen.

Wir finden uns nicht. Ich taste zuerst umher, finde aber keinen Halt. Dann laufe ich umher, ohne zu wissen, ob ich mich noch in dem Zimmer befinde oder ob ich schon durch eine Tür hinausgegangen bin. Ich suche mit meinen Händen die Luft in meiner Umgebung ab, aber ich finde weder Paul noch sonst etwas. Es fühlt sich an wie das Nichts. Ich rufe erneut nach Paul, aber ich erhalte keine Antwort. Dann höre ich wie die Tür zufällt, zuerst mit einem leisen Knarren und dann mit einem lauten Knall. Der Nebel lichtet sich und ich höre Paul immer lauter meinen Namen rufen. Dann ist der Nebel plötzlich wieder verschwunden.

Paul steht direkt vor mir. Als hätten wir uns nie fortbewegt. Und doch sind wir nicht mehr am selben Ort. Abwechselnd schauen wir uns und die Landschaft um uns herum an. So viel steht fest: Wir sind nicht mehr in dem Zimmer. Wir können auch nicht mehr dorthin zurückgehen, denn die Tür ist verschwunden und auch die Wand. Das ganze Haus ist verschwunden! Wo sind wir und wie sind wir hierhergekommen? Es ist unfassbar und an Pauls Gesicht sehe ich, dass er mindestens genauso verwundert ist wie ich.

Wir stehen auf einer grünen Wiese mitten in einer

weiten, hügeligen Landschaft. Nirgendwo ist eine Mauer oder sonst eine Stelle zu sehen, wo sich die Tür befinden könnte. Auch in der Ferne ist von dem alten Haus nichts zu sehen.

In der Ferne ragt aber ein felsiger Gipfel empor. Hinter ihm könnte sich noch eine ganze Stadt mitsamt einem alten Haus verstecken. Aber wir konnten unmöglich im Nebel von dort bis hierher gelaufen sein. Außerdem sieht es hier auch ganz anders aus als in der Stadt, aus der ich komme. Und zudem ist es auf einmal heller Tag, obwohl es gerade noch Nacht war. Wie kann das sein? Wo und wann und wie sind wir?

„Wo ist die Tür?", frage ich, als ob Paul es wissen müsste.

„Sie ist einfach weg! Krasser Zaubertrick!", ist Pauls überraschende Antwort und dann fällt ihm die entscheidende Frage ein: „Wo sind wir gelandet?"

Paul und ich schauen uns weiter fragend an.

„Vielleicht ist das hier schon ein Teil der Gruselwelt, die Gustaf mit den anderen beiden geplant hatte. Das hier kann nur eine von den Stationen oder Welten sein, die die Gäste der Gruselwelt hätten durchqueren müssen", ist Pauls Vermutung.

„Hmm", summe ich, „Schon irgendwie schwer zu glauben. Andererseits fällt mir auch keine bessere Erklärung ein. Und wenn wir mal annehmen, dass Gustaf wirklich magische Kräfte hat, dann kann er vielleicht auch eine

Welt wie diese hinter einer Geheimtür verschwinden lassen. Immerhin habe ich vorhin gesehen, dass er auch eine Modellstadt zum Leben erwecken kann. Und das hätte ich mir heute Morgen auch noch nicht vorstellen können."

„Unglaublich! Dann sind wir jetzt in Gustafs Zauberwelt unterwegs."

„Und weißt du, was das Gute an einer Welt ist, die für die Gäste dieser Attraktion gedacht war?"

Paul zuckt mit den Schultern.

„Dass Gustaf hier auch irgendwo einen Ausgang eingebaut haben muss, durch den sie wieder zurück in das alte Haus kommen können. Ich würde sagen, wir machen uns mal auf die Suche."

„Ich frage mich, was für Überraschungen Gustaf hier für seine Gäste eingeplant hat."

„Das finden wir dann jetzt wohl heraus," sage ich und muss halb scherzhaft schlucken.

Da stehen wir auf dem mit grünen Wiesen bedeckten, hügeligen Stück Land. Weit entfernt thront ein Berg. Wir gehen los, mit Richtung auf einen der kleineren Hügel, die zwischen uns und dem Gipfel liegen. Es ist wie ein Spaziergang an einem perfekten Frühsommertag. Bloß dass keine Vögel zwitschern und auch sonst keine Geräusche wahrzunehmen sind. Nur unsere Schritte rascheln bei jedem Schritt im Gras.

Es ist, als würden wir durch die endlose Kulisse eines Werbevideos für weiße Wäsche laufen. Für einen Augenblick denke ich sogar, ich hätte eine riesige Seifenblase hinter dem Hügel emporschweben gesehen. Aber dann ist sie schon wieder verschwunden, als wäre sie einfach zerplatzt.

Wir kommen an einer Holztafel vorbei. Darauf steht: „Folgen Sie den Schildern zum Bahnhof, um zum Haupthaus zurückzukehren."

„Genau wie wir vermutet haben," sagt Paul, während er freudig mit beiden Händen auf das Schild hinweist.

„Ja, eindeutig! Dann lass uns mal gucken, ob wir diesen Bahnhof finden", füge ich hinzu.

Alles scheint wieder in Ordnung zu sein. Wir sind auf dem Weg zum Ausgang und folgen weiter den Hinweistafeln. Die Sonne scheint warm, aber nicht brennend. Das Gras duftet frisch und den magisch-blau leuchtenden Himmel verzieren weiße Marmorwolken.

Wir erreichen einen kleinen Hügel und in der Ferne ragt noch immer der hohe Berg empor. Direkt vor uns geht es in ein Tal hinunter, in dem ein kleines Dorf liegt. Eine gepflasterte Straße verläuft einmal quer durch das Dorf hindurch und kreuzt dabei auch den Marktplatz. In der Mitte des Platzes sprudelt ein Brunnen und um ihn herum sind die Gebäude kreisförmig angeordnet.

Auf den ersten Blick ist es nur eine unscheinbare Siedlung. Auf den zweiten Blick scheinen die Häuser seltsame Angewohnheiten zu haben. Die Farben der Fassaden wechseln ständig. Über ein grünes Haus ziehen sich plötzlich rote Linien, dann wächst ein tiefes Blau vom Boden die Mauer bis zum Dach empor. Ein Gebäude schwankt zwischen pink und rot hin und her. Keine der Farben erweckt den Eindruck Beständigkeit zu kennen. Die Bäume sind mit zarten Blättern bedeckt, die silbern und golden glänzen. Dann sehe ich, wie sich zwischen einer blau blinkenden Kirche und einem, wie Götterspeise schwankenden Haus eine Ziegelmauer erhebt. Sie tanzt kreiselnd hinüber zu einem violetten See und sinkt wie ein sterbender Schwan in sich zusammen, um als funkelnder Glaspalast am Ufer wieder aufzuerstehen.

Es bewegen sich jedoch nicht nur die Gebäude. Das Dorf ist nämlich auch bewohnt. Eine Reihe von Menschen steht vor einer Art riesigen Kugel Schlange. Sie bläht sich erst auf und schrumpft dann wieder zusammen. Dieser Vorgang wiederholt sich immer wieder. Die Kugel ist dabei nur dann eine Kugel, wenn sie zu ihrer vollen Größe herangewachsen ist. Danach fällt sie wieder zusammen, wird flacher und runde Dellen entstehen auf ihrer blauen Oberfläche, auf der violette Blitze zucken. Die Menschen stehen vor dem Eingang zur Kugel, einem halbkreisförmigen, roten Türrahmen, hinter dem ein wirbelnder Strudel auf die Anstehenden wartet. Aus einem Schornstein, der sich über dem Kugel-Gebäude in die Luft schlängelt, sprudeln im Licht glänzende Blasen.

Eine Frau mit pinken Locken und einem mit Glitzer bedeckten Umhang stapft mit Stiefeln, die wie Bärentatzen aussehen, durch den Türrahmen in die Kugel hinein. Erst blubbern weiterhin nur kleine Bläschen aus dem Schornstein, dann steigt eine große Blase empor. In ihrem Inneren schwebt die Frau mit den pinken Locken.

Ich schaue zu Paul und stelle fest, dass er mit dem Kopf im Nacken das Geschehen am Himmel verfolgt. Die Frau mit den pinken Locken ist nicht die Einzige, die sich in einer Seifenblase fortbewegt. Wohin wir auch schauen, überall schweben Menschen eingeschlossen in einer Blase. Die meisten schweben nah am Boden, aber eine Reihe von ihnen verteilt sich auch am blauen Himmel.

„Seifenblasen könnte ich mir gut als Alternative zum üblichen Schienenersatzverkehr vorstellen," sagt Paul.

„Scheint hier auf jeden Fall ein beliebtes Fortbewegungsmittel zu sein."

„Aber fällt dir was an den Leuten auf?" fragt er mich.

Ich schaue genauer hin. Die meisten von ihnen sind zu weit entfernt, um Details zu erkennen. Aber als ich meine Augen zusammenkneife, sehe ich es und erschrecke.

„Sie haben keine Gesichter!"

„Ja, das ist irgendwie gruselig."

Ich bekomme etwas Angst, aber das will ich nicht zugeben. Es ist immer noch eine Gruselwelt, also kann es gut sein, dass die Menschen in den Blasen uns gleich angreifen. Auch wenn das nur zur Unterhaltung geschehen würde, hinterlässt der Gedanke kein gutes Gefühl bei mir. Dass die Menschen hier anstatt eines Gesichts nur eine leichte Wölbung am vorderen Teil des Kopfes haben, macht die Situation nicht besser. Woher soll man so wissen, ob sie wütend oder freundlich sind. Paul hat recht, das hier ist gruselig.

„Das hier ist schließlich eine Gruselwelt," sage ich so unbeeindruckt wie es geht.

„Stimmt! Und bisher ist es für eine Gruselwelt hier zu schön gewesen. Es wartet bestimmt noch ein Schreckgespenst auf uns."

„Gerade musste ich daran denken, was die Figuren in der Modellstadt gesagt haben. Sie meinten, dass sie fehlerhaft seien, weil Gustaf den Einsatz des Zaubererzes noch nicht perfektioniert hat."

„Was meinst du?"

„Die gesichtslosen Figuren könnten auch fehlerhaft sein. Und wer sagt uns, dass sie so freundliche fehlerhafte Figuren sind, wie die Leute in der Modellstadt. Vielleicht sind die Leute hier fehlerhaft, weil sie hier und da auch aus Versehen jemanden angreifen."

„Du meinst, es ist eine mutierte Zauberspezies, die uns

auffressen wird?"

Während Paul das sagt, nimmt er seine Hände stöhnend nach oben und streckt sie mir wie ein Zombie entgegen. Scheinbar findet er sich sehr lustig. Ich schaue ihn nur strafend an. Aber ein bisschen niedlich finde ich ihn schon.

Ein seltsames Geräusch reißt uns aus unserer Unterhaltung. Wir schauen um uns herum. Einige der Seifenblasen zerplatzen noch während sich jemand in ihnen befindet. Entweder entsteht dann unter Ertönen eines lauten Blubb eine neue Blase, von der die Passagiere aufgefangen werden, oder die Personen fallen zu Boden und versinken in ihm. Aber während sie versinken, wirken sie nicht verzweifelt. Es scheint für sie der normale Lauf der Dinge zu sein.

In unserer Nähe entdecke ich, auf einer etwas tiefer gelegenen Anhöhe, einen See. Vom See führt ein Fußpfad zu uns herüber auf den Hügel, von dem aus Paul und ich die Stadt betrachten. Der Weg sieht verlockend aus. Kleine bunte Steine, die aussehen, wie Schokoladendragees, bedecken ihn von Anfang bis Ende.

Paul beugt sich hinunter zu den roten, blauen und grünen Kieselsteinen. Er hat die gleiche Vermutung wie ich, nimmt einen der bunten Steine in die Hand und probiert ihn. An seinem Gesichtsausdruck erkenne ich, dass diese

Welt zwar viele Eigenarten pflegt, jedoch über keinerlei Schlaraffenland-Eigenschaften verfügt. Paul spuckt den Stein wieder aus.

„Ich dachte, weil es doch eine Grusel- UND Fantasiewelt ist, dass ein Kieselsteinweg aus Süßkram naheliegend wäre."

„Hätte ich diese Welt erschaffen, wäre das auf jeden Fall so."

Wir folgen dem Weg zum See hinunter. Unterwegs treffen wir erneut auf ein Hinweisschild, das andeutet, dass man so zu dem versprochenen Bahnhof gelangen würde.

Ich laufe neben dem Weg, während Paul vergnügt in dem bunten Schotter scharrt.

„Du schwebst!", platzt es auf einmal aus ihm heraus.

„Häh, was ist denn jetzt los?", denke ich und schaue erst zu ihm und dann hinunter zu meinen Füßen. Tatsächlich haben meine Füße den Kontakt zum Boden verloren. Beim nächsten Schritt sinke ich ein Stück hinunter und mein Fuß taucht in den Boden ein. Aber es ist kein matschiger Morast, auf dem ich laufe. Kein Sumpf, sondern eine frische grüne Wiese.

Das Versinken fühlt sich mehr so an, als hätte sich der Boden in Luft aufgelöst. Aber der Boden ist noch immer zu sehen. Und der Boden hat sich auch nicht verändert, als ein paar Schritte später mein Fuß wieder auf festem

Grund aufsetzt. Schwebend und laufend kommen wir weiter voran.

Wir kommen zu dem See und sehen nun, dass dies nicht der einzige See hier ist. Es riecht auf einmal auch anders. Ein bisschen nach Orange und Zitrone. Weshalb das so ist, lässt sich bald erklären. An jedem See steht zudem ein kleines Schild mit einem Hinweis und an mehreren Haken daneben hängen Becher, mit denen man etwas aus dem jeweiligen See schöpfen kann. Auf den Schildern steht „Orange", „Zitrone" oder „Apfel" und daneben jeweils „Erfrisch dich! Trink mich!". Die Seen hier kennen unterschiedliche Geschmacksrichtungen!

Also hat diese Welt doch auch Schlaraffenland-Eigenschaften!. Es gibt die Fruchtsaftseen, an deren Ufern haushohe Saftpressen warten , die mit dem jeweiligen Obst befüllt sind. Über dem Kakaosee schwebt eine riesige Milchkanne, aus der unaufhörlich ein brauner Strom fließt. Ich kann nicht alle Geschmäcker genau erkennen, aber es ist eine bunte Ansammlung von Gewässern.

Paul holt uns beiden einen Becher Orangensaft. Wir setzen uns, mit den Rücken aneinander gelehnt, auf eine Wiese am Ufer des Kirschsees, der direkt neben einem Berg aus Kirschkernen liegt. Es ist unglaublich! Da bin ich. Da ist Paul. Und unsere Rücken berühren einander. Ein Schauer fährt durch meinen Körper.

Ich schaue auf den See hinaus, lehne mich ein Stück nach vorn und beobachte, wie auf dem Kakaosee kleine Sahnehauben wie Schwäne umhertreiben. Als ich mich wieder Paul zuwende, ist er verschwunden. Ich hatte ihn doch gerade noch an meinem Rücken gespürt. Hektisch blicke ich in alle Richtungen. Dann sehe ich ihn wieder. Er steht am Rande des Kirschkernberges. Ich will ihm gerade folgen, da fliegt eine der Seifenblasen direkt auf ihn zu und ergreift ihn. Die Blase schließt ihn ein und er schwebt in ihr davon. Ich renne ihm hinterher, doch die Seifenblase schwebt höher und höher und nimmt Kurs auf den alles überragenden Berg. Paul scheint gefangen zu sein und hämmert aufgeregt mit den Fäusten gegen das Innere der Blase. Er ruft mir etwas zu, aber ich höre es nicht. Sie steigen immer höher und nähern sich immer mehr dem Berg.

Ich laufe mit ihnen auf den Berg zu. Als ich stehen bleibe, um nach Luft zu schnappen, schaue ich noch einmal zum Gipfel hinauf. Mit Schrecken sehe ich, wie die Blase direkt über der Spitze des Berges zerplatzt. Paul fällt hinunter und landet irgendwo. Wo genau, das kann ich auf diese Entfernung nicht erkennen. Ich laufe weiter und kurze Zeit später erreiche ich den Fuß des Berges.

Die Seifenblase ist, so weit ich das erkennen konnte, nicht allzu hoch über dem Gipfel zerplatzt. Mir bleibt nichts anderes übrig, als zu hoffen, dass sich Paul beim Absturz nicht verletzt hat. Ich suche nach einer Stelle, an der ich den Berg hinaufsteigen kann, um zu ihm zu kommen. Dann fällt mir ein, dass Paul vielleicht gerade versucht, wieder zu mir hinunterzusteigen.

Da ich aber keinen Felsen finde, von dem ich nicht abrutsche, sobald ich versuche ihn zu erklimmen, hat sich die Frage erledigt. Paul muss den Abstieg Wohl oder Übel alleine bewältigen. Kurz überlege ich, ob ich im Internet nach einer Karte von der Fantasiewelt suchen soll. Dann fällt mir ein, dass diese Welt geplant worden war, lange bevor es das Internet gab. Trotzdem werfe ich einen Blick auf mein Telefon. Wie ich vermutet habe, gibt es hier keinen Empfang.

Während ich um den Berg laufe, um doch noch eine geeignete Stelle für einen Aufstieg zu finden, komme ich an einer wüstenähnlichen Einöde vorbei. Der Boden hier ist mit bräunlichem Sand überzogen. Hier und da haben sich ein paar Steine in den Sand abgelegt und zwischen ihnen sprießen wenige grüne Halme. Ein Drahtzaun läuft mit ein paar Metern Abstand ein Gleis entlang, das hier in der Einöde abrupt an einem eisernen Prellbock endet.

Das Gleis, das zu dem von den Schildern angekündigten Bahnhof gehört, habe ich somit gefunden. Und als ich eine hölzerne Plattform entdecke, über die man einen eintreffenden Zug erreichen kann, ist auch der Bahnhof selbst identifiziert. Auf der anderen Seite der Plattform schließt sich zudem eine eher notdürftig zusammengezimmerte Hütte an. Die Abfahrt zurück zum Haupthaus kann also losgehen, aber von einem Zug ist nichts zu sehen. Ich sehe auch keine Hinweisschilder oder Anzeigetafeln. Außerdem muss ich zuerst Paul wiederfinden, bevor es auf den Weg Richtung Heimat gehen kann. Die Abfahrt würde sich also noch um wenige Minuten verzögern.

Ich schaue mich am Bahnhof noch etwas um. Die Hütte neben dem Holzpodest versinkt allmählich im staubigen Sand. Rundherum wandern bereits zahlreiche Dünen die Latten in Richtung Dach empor. Auf der rechten Seite der Hütte, unter dem schattenspendenden Vordach, steht ein nicht mehr schaukelnder Schaukelstuhl. Zu meiner Überraschung sitzt dort ein Mann entspannt zurückgelehnt und starrt vor sich hin. Ich trete näher an ihn heran und bemerke, dass er zwar im Vergleich zu den anderen ein Gesicht hat, aber dafür komplett mit einer Erdkruste überzogen ist. Diese hat er sich vermutlich beim Baden in dem gleich danebengelegenen Schlammloch zugezogen.

Ich sammle mich kurz und sage mir, dass was immer passieren würde, nur ein harmloser Teil dieser Erlebniswelt ist. Es kann mir nichts passieren. Daran mussten auch Gustaf, Georg und Elmar ein Interesse gehabt haben.

Kein Betreiber einer Geisterbahn oder eines Freizeitparks hätte jemals bewusst in Kauf genommen, dass die Gäste Schaden nehmen! Also gehe ich näher auf den vom Schlamm verkrusteten Mann zu.

„Wissen Sie, wann ein Zug kommt?"

Der Mann bleibt stumm. Er bewegt sich auch nicht. Weil er nicht reagiert, frage ich erneut. Vielleicht hat er mich einfach nicht gehört. Das passiert mir öfters.

„Wissen Sie, wann ein Zug kommt?"

Er bleibt stumm und verharrt weiter auf seinem Platz, starr wie ein mittelalterlicher Wasserspeier. Mit einem leisen Knarzen öffnet sich dann doch noch sein Mund. Aber anstatt einer Antwort entweicht ihm nur eine Fontäne aus Matsch. Die Fontäne ergießt sich über dem Schlammloch und ich springe gerade noch rechtzeitig zur Seite, so dass mich der Schwall nicht erwischen kann. Der Anblick ist sonderbar, aber nicht gruselig. Ich vermute, dass auch in diesem Fall Gustafs Zauberkreation so ihre Macken hat. Ein fehlerhafter Bahnhofswärter, der keine Auskunft geben kann. Oder ein schauriger Wasserspeier als Schaffner, der keine gruseligen Informationen, sondern nur Matsch anzubieten hat. Ob das gruselig ist, liegt aber sicher auch in der Sichtweise der Betrachterin.

Ich blicke das Gleis entlang, das vom Bahnhof weg nur immer tiefer in eine Wüste hineinzuführen scheint. Die nächste Station ist nicht erkennbar. Auch kein Zug ist zu sehen. Und selbst wenn jetzt ein Zug eintreffen würde, könnte ich nicht einfach einsteigen und mitfahren. Zuerst muss Paul wieder auftauchen. Ich setze meinen Weg um den Berg also fort.

Die Landschaft um mich herum verändert sich. Die Wüste wandelt sich und es taucht immer mehr grünes Gestrüpp in der Umgebung auf. Vor mir liegt schließlich ein vom Berg abfallender Hügel, auf dem sich ein kleiner Wald befindet.

Im Wald knistern die alten Tannennadeln unter meinen Füßen und es liegt ein frischer Harzduft in der Luft. Er erinnert mich an das Baumhaus aus meiner Kindheit, der immer eine beruhigende Wirkung auf mich hatte. Ein am Boden entlang kriechender Nebel fällt mir auf. Ich habe kein gutes Gefühl dabei. Nach dem letzten Nebel bin ich auf einmal an einem anderen Punkt der Welt gelandet. Zumindest hier in dieser abgedrehten Welt des Grusels und der Fantasie war mit allem zu rechnen. Bevor ich den Wald verlassen kann, stehe ich bereits bis zum Bauchnabel in der weißen Suppe. Sekunden später kann ich als Einziges nur noch meine eigene Nasenspitze sehen. Ich bin gespannt, ob ich so wieder zurück in das Zimmer gelangen würde, wo Paul und ich gestartet sind.

Zunächst tauchen blinkende Lichter im Nebel auf. Ich versuche mich zu erinnern, ob in dem Zimmer irgendwo eine Lampe geblinkt hat. Dann treffe ich mitten in dem riesigen Nebelfeld auf den Verursacher des Blinkens. Dort steht eine haushohe Maschine, die wie der Bruchteil einer Industrielandschaft wirkte. Die Maschine besteht aus einem quadratischen Klotz aus dem Rohre und Schläuche wuchern. Eine Seite des Klotzes, die Bedienungsleiste, ist mit den blinkenden Lampen, nach oben und nach unten geklappten Hebeln und unzähligen Knöpfen in unterschiedlichster Größe und Anordnung versehen. An allen Ecken und Enden wachsen die wurmhaft gerippten Schläuche heraus, die sich kurz an der Oberfläche krümmen und dann wieder in das Innere der Maschine hineinführen. Der Schlot am oberen Ende spuckt den Nebel aus, der sich oberhalb der Maschine wie eine Kuppel über uns stülpt. Unaufhörlich quillt neuer Nebel aus der Maschine hervor und breitet sich aus.

Ich erblicke den Betreiber der Maschine. Ein gar nicht mehr frischer Clown, dessen löchriges Kostüm vergilbt um seinen Körper flattert, steht konzentriert an der Maschine. Der Schweiß steht ihm im Gesicht und kleine Bäche aus Clownsschminke laufen Wange und Kinn hinunter. Während er sich mit der einen Hand sein verfilztes, lockiges Haar aus dem Gesicht hält, dreht er mit der anderen Hand eifrig an einer Kurbel an der Maschine. In einem tranceähnlichen Zustand starrt er mit verkniffenem Gesicht, auf seine sich auf und ab bewegende Hand.

Sein durchdringender Blick springt plötzlich mit einem Satz auf mich. Als hätte er meine Anwesenheit schon lange gespürt, schreit er: „Geh zurück in den Nebel. Ich ertrage nichts anderes als Nebel um mich herum. Verschwinde oder ich lasse dich meine Klauen spüren." Ich renne an der Maschine vorbei und auf der anderen Seite des Ortes wieder in das Nebelfeld hinein. Mein Herz pocht und ich höre erst auf zu rennen, als ich einen leichten Blutgeschmack im Mund bemerke. Keine Sorge, das mit dem Blutgeschmack ist nicht allzu schlimm. Das kenne ich als untrainierte Sofakartoffel bereits aus dem Sportunterricht.

Irgendwann beginnt sich der Nebel zu lichten und ich sehe einen Weg aus Mosaiksteinen unter meinen Füßen. Der Weg führt mich zu einem mit einem Pflock am Boden verankerten Seil, das stramm gezogen irgendwo im Himmel verschwindet. Daneben steht eine Holztafel: „WINKEN UND WARTEN".

Ich schaue nach oben. Dort schlingt sich das Seil um den Zipfel einer weißen Wattewolke, so dass diese vom Wind nicht fortgeweht werden kann. Ich folge der Anweisung auf dem Schild und strecke beide Arme in den Himmel, um das Zeichen zu geben. Es dauert nur kurz und etwas beugt sich über den Rand der Wolke. Ein großes Fragezeichen mit Armen und Beinen lugt über den Wolkenrand.

Zuerst sieht es wie ein „S" aus, bis ich den entscheidenden Punkt sehen kann.

„Willkommen. Wie kann ich dir behilflich sein?", fragt mich das Fragezeichen.

Einen Moment lang kann ich nicht handeln. Ich stehe da und denke nur, dass das alles nicht wahr sein kann. Wo bin ich nur gelandet und wie bin ich hierhergekommen? Dann spuken wieder Bilder durch meinen Kopf, was mit Paul geschehen sein könnte. Ich springe mit einem Satz aus meinen Gedanken heraus in die Absurdität des Moments und lande auf einer Welle des Redeflusses. Ich erzähle dem Fragezeichen von Paul, dass er irgendwo dort hinten auf dem Berg sein muss, dass ich nicht weiß, wie es ihm geht, dass ich mir Sorgen mache und dass ich ohne Hilfe nicht zu ihm auf den Berg gelangen kann und dass ich mich mit Paul auf den Nachhauseweg aus dieser Welt machen will.

Das Fragezeichen erklärt mir, dass das eine Art Servicepunkt in dieser Grusel- und Fantasiewelt sei und ich bei ihm mit meiner Anfrage an genau der richtigen Stelle gelandet sei. Es bat um Verständnis, dass es aufgrund mangelnder Besucherströme in seiner Erfüllung der Aufgabe etwas eingerostet sei, aber dass ich mir sicher sein könne in guten Händen zu sein.

Das Fragezeichen klärt mich auch darüber auf, dass in regelmäßigen Abständen ein Zug am Bahnhof eintreffe, der Gäste in das alte Haus zurückbringt. Nur auf die Frage, wie ich zu Paul auf den Berg gelangen könnte, weiß auch das schlaue Fragezeichen keine Antwort. Für einen Augenblick regt es sich nicht mehr, fast so, als wäre es eingefroren. Wer sich schon einmal mit einem Fragezeichen unterhalten hat, der weiß, dass man sich dabei ständig fragt, ob einen das Gegenüber auch verstanden hat.

Das Fragezeichen taut wieder auf und beginnt geschäftig zu rotieren und zu fluchen. Langsam sinkt die Wolke, auf der es sitzt, zu mir herab.

„Ich habe zwar die strikte Anweisung meinen Posten nicht zu verlassen, aber sollen sich die Herrschaften doch selbst hier mal ein paar Jahrzehnte hinsetzen und auf Gäste warten, ohne dass etwas passiert. Ich jedenfalls kann mehr als das", ruft das Fragezeichen mit aufgeregt gestikulierenden Armen.

„Ich biete den vollen Service! Wo Informationen nicht mehr weiterhelfen, da muss jemand auch mal mit anpacken."

Geradezu heldenhaft landet das Fragezeichen vor mir und weist mich mit einer ausladenden Geste an, einzusteigen.

„Zur Spitze des Berges müssen wir, sagst du?"

„Also da ist Paul zumindest aus der Seifenblase gefallen. Ich hoffe, dass er da noch irgendwo ist."

„Gut! Gut! Steig ein! Das kriegen wir schon hin."

Das Fragezeichen drückt den Rand der Wolke herunter und streckt mir seine Hand entgegen. Ich steige ein und lasse mich in einer weichen Mulde nieder. Es fühlt sich ein bisschen an wie feuchtes Gras, aber gleichzeitig auch wie eine Mischung aus weicher Wolle und knisterndem Seifenschaum. Ich schaue über den Rand der Wolke hinab. Das Seil löst sich vom Pfahl und wir heben vom Boden ab. Es ist klar, wo diese Flugreise uns hinführen würde.

„So, ich denke wir sind in Kürze auf Flughöhe und brauchen nur wenige Minuten zum Zielort. Alles in Ordnung da hinten?"

„Ja, alles bestens. Und vielen Dank nochmal."

„Da ist kein Dank notwendig. Ich sehe es als meine Pflicht an, hier weiterzuhelfen. Außerdem tut mir ein bisschen Abwechslung gut."

„Dann hast du die letzten Jahre einfach nur auf der Wolke gesessen und abgewartet?"

„Das ist richtig. Wobei ich nicht nur gewartet habe, sondern auch die Seilverbindung geprüft, die Aussicht gesichtet, den Bodenabstand kontrolliert und die Wolke gewartet habe."

„Verstehe. Und was hast du vorher gemacht?"

„Vorher?"

„Ja. Vorher."

„Vor was?"

„Bevor du angefangen hast, den Servicepunkt zu

leiten.“

Das Wort „leiten“ lässt das Fragezeichen aufrecht sitzen.

„Oh, das gefällt mir. Ich leite den Servicepunkt“, sagt es stolz. „Trotzdem weiß ich nicht, was du meinst. Ich war immer hier am Servicepunkt.“

„Das ist interessant!“

„Ja, der Servicepunkt ist die zentrale Informationsstelle und somit wegweisend für alle Besucherströme“, ergänzt es selbstbewusst. Dann sinkt es ein bisschen in sich zusammen. „Wobei hier noch nie Ströme an Leuten durchgeflossen sind. “, fügt es etwas geknickt hinzu.

„Die können ja noch kommen“, versuche ich das Fragezeichen aufzumuntern.

Bevor das Fragezeichen reagieren kann, ertönt ein Rattern und die Wolke sinkt mit einem Satz plötzlich gut zwei Meter tiefer, sodass ich kurz den Halt verliere. Die Wolke hat danach ihren ruhigen Flugmodus verloren und es ruckelt so sehr, dass mein Kopf unwillkürlich wild zu nicken beginnt.

„Das scheint der falsche Gang gewesen zu sein. Oder es fehlt uns an Treibstoff“, ruft mir das Fragezeichen nach hinten zu.

„Bist du die Wolke schon mal geflogen?“, frage ich.

„Nein, bisher habe ich immer nur dort oben gesessen. Die Bedienungsanleitung kenne ich aber sehr gut. Außerdem: Bist du nicht auch hergekommen, um ein bisschen

Abenteuer zu erleben?"

Die Wolke beruhigt sich schließlich wieder. Ich lasse den Blick umherstreifen und erkenne den Gipfel auf dem Paul sich befinden müsste. Wir sind fast da.

Die Wolke setzt zwischen zwei Felsen, direkt neben einem Abhang voll Wildblumen auf und ich springe mit einem Satz von ihr hinunter.

„Ich warte hier", ruft mir das Fragezeichen hinterher.

Ich laufe an nackten Sträuchern und Steinhaufen vorbei und rufe nach Paul. Ich bekomme keine Antwort. Ein schwaches Leuchten erregt meine Aufmerksamkeit. Ich entdecke den Eingang einer Höhle, in der ein schwaches Licht brennt. Ich gehe hinein und da sitzt er, in der linken Hand eine leuchtende Taschenlampe. Ich laufe zu ihm, frage ihn, ob alles in Ordnung sei und versuche nach ihm zu greifen. Doch er gibt keine Antwort und alles, was meine Hände zu fassen bekommen, ist die Luft. Er ist wieder verschwunden. Nur die Taschenlampe liegt leuchtend am Boden. Mein Körper beginnt zu beben, ich drehe mich zuckend im Kreis und schaue in jeden Winkel der Höhle. Paul ist nirgends zu sehen.

In meinem Magen liefern sich Enttäuschung und spukende Vogelfalter ein Wettrennen. Ich will mich gerade mutlos wieder zurück auf den Weg zur Wolke machen, da taucht er auf. Zumindest teilweise. Pauls Gesicht schwebt schwadenhaft vor mir in der Luft. Diese Welt ist verrückt!

Zuerst schwebt er da nur. Ich kann durch ihn hindurchsehen. Es sieht so aus, als würde er etwas sagen, aber ich verstehe ihn nicht. Nur ein leises Atmen und Röcheln ist zu hören, aber das könnte auch ein rauer Luftzug sein. Langsam, ganz langsam, verliert Paul seine schwadenhafte Gestalt. Es ist, als würde er wieder eingeblendet, teleportiert oder materialisiert. Er wird wieder zu einem Menschen aus Fleisch und Blut. Er steht wieder vor mir und ist ganz einfach nur Paul. Und mein Herz kann sich nicht entscheiden, ob es nun schneller oder langsamer schlagen soll.

„Was war denn vorhin bloß los mit dir? Du warst nur noch schemenhaft zu erkennen, so als ob du nur eine Spiegelung wärst", frage ich Paul.

„Ich weiß nicht genau was passiert ist. Kurz nachdem mich die Seifenblase eingefangen hatte, bin ich eingeschlafen. Und das Erste, woran ich mich danach wieder erinnern kann, ist diese dunkle Höhle. Da ist dann plötzlich dein Gesicht aufgetaucht und mir ist schwarz vor Augen geworden", erzählt mir Paul.

„Wie hat sich das denn angefühlt?"

Paul schüttelt nur seinen Kopf. Er kann keine gute Antwort auf die Frage finden.

„Das war einfach nur absurd", sagt er.

Gemeinsam gehen wir aus der Höhle hinaus und zur

Wolke zurück. Wir steigen ein. Paul stellt keine Fragen. Auch ihn scheint hier nichts mehr zu wundern.

Die Wolke löst sich wieder vom Boden und setzt sich in Bewegung.

„Nächster Halt: Bahnhof!", kündigt das Fragezeichen an.

Nach einem kurzen Flug sinkt die Wolke wieder hinab und das Fragezeichen drückt den Rand der Wolke hinunter, um uns aussteigen zu lassen. Wir stellen fest, dass wir am Bahnhof in der Einöde angelangt sind, den ich zuvor schon allein besucht habe.

Der Schlammschwätzer sitzt noch immer in seinem Schaukelstuhl, aber diesmal frage ich ihn nicht nach Informationen. Das Fragezeichen versichert uns, dass in Kürze ein Zug eintreffen und uns zum Haupthaus zurückbringen würde. Und das Fragezeichen ist die Leitung des Servicepoints, der zentralen Informationsstelle und somit wegweisend für alle Besucherströme. Wenn es jemand wissen muss, dann es.

Paul und ich stehen kurze Zeit auf dem Podest am Gleis und schauen uns an. Ein leichtes Vibrieren reißt uns aus unseren Gedanken. Ein Zug fährt in den Bahnhof ein. Vorne wird er von einer alten Dampflok angeführt, die dicken Rauch in den Himmel pumpt. Drei Waggons hängen an der Lok und ihre grüne Lackierung glänzt im

Sonnenlicht. Wir steigen ein und setzen uns in eines der leeren Abteile. Der Zug fährt bald darauf wieder ab. Es scheint so, als wären wir ganz allein in dem Zug, der unaufhaltsam durch die grüne Hügellandschaft rast.

„Es sieht fast so aus, als würde sich die Landschaft draußen ständig wiederholen", sagt Paul während er aus dem Fenster schaut.

„Ich hoffe nur, dass dieser Zug uns wirklich wieder zurück in Gustafs Haus bringt. Warum grinst du denn jetzt so?"

„Ich habe mich nur gerade gefragt, was wohl passiert wäre, wenn wir beiden heute Abend einfach zu der Party gegangen wären."

„Ich war ja da! Aber du hast dich nicht blicken lassen!"

Wir grinsen einander herausfordernd an. Plötzlich herrscht Dunkelheit. Wir sind in einen Tunnel hineingefahren. Vor dem Fenster des Abteils kann man gerade noch so vorbeirauschende Rohrleitungen sehen. Die Lampen im Zug gehen an. Dann geht ein Ruck durch den Zug und wir fliegen einmal quer durch das Abteil. Der Zug steht wieder still. Paul und ich raffen uns vom Boden auf und blicken vorsichtig aus dem Fenster. Draußen ist ein Bahnsteig zu sehen. Zwei grüne Bänke stehen zwischen zwei Getränkeautomaten und an der gefliesten Gewölbewand hängt ein Schild mit der Aufschrift: „Labyrinth des Grauens Teil 2".

„Hier scheinen wir richtig zu sein!", sagt Paul

Als wir aus dem Zug steigen, herrscht eine merkwürdige Stille auf dem Bahnsteig und ein kalter Luftzug läuft über unsere Körper. Im Eiltempo verlässt der Zug wieder den Bahnsteig.

Kapitel 16

Zurück zum Anfang

Wir scheinen uns in einem unterirdischen Gewölbe zu befinden. Alles ist sauber gefliest und von einer Vielzahl von Neonröhren hell ausgeleuchtet. Nirgendwo gibt es ein Fenster, eine Luke oder einen Lichtschacht. Viele Möglichkeiten, sich von hier wegzubewegen, gibt es nicht. Wir brauchen uns nur kurz umzuschauen, um die Rolltreppe zu entdecken, die der einzige Ausweg nach oben ist. Wir warten kurz ab, ob uns eine bessere Idee einfällt, dann gehen wir zur Rolltreppe und fahren mit ihr durch einen endlosen Schlauch immer weiter nach oben.

Unterhaltung gibt es für die Gäste unterwegs kaum. Hier und da hängt ein eingerahmtes Plakat. Eines kündigt eine Cocktailparty bei den Limonadenseen an. Ein anderes zeigt einen untoten Butler, dessen Augen lebendig starren und der mit seinen vergilbten Handschuhen ein rotes Getränk in einer Sektschale hält. Als wir direkt an ihm vorbeifahren, fährt er mit seinem Arm nach vorne und krächzt: „Bedienen Sie sich. Es ist die Hausmarke."

Erschrocken können weder Paul noch ich schnell genug reagieren, um zuzugreifen. Ich rufe dem Butler noch ein „Wir müssen weiter." entgegen und schaue wieder nach vorn, um nach dem Ende der Rolltreppe Ausschau zu halten.

„So tief unter der Erde liegt doch keine U-Bahnstation", sagt Paul genervt, denn ein Ende der Stufenfahrt ist auch nach einigen Minuten noch nicht in Sicht.

„Das hier ist ja auch keine U-Bahnstation, sondern der Übergang von der magischen in die reale Welt", kläre ich ihn auf.

„Für eine Übergangswelt sieht's hier aber schon ganz schön real aus."

„Da müssen wir uns dann bei Gustaf beschweren."

Plötzlich zucke ich zusammen.

„Was war das?", frage ich Paul, der ebenfalls mit einem großen Fragezeichen über dem Kopf zum unsichtbaren oberen Ende der Rolltreppe starrt.

„Ein Schrei?"

Genau das habe ich auch gehört. Einen Schrei, bei dem man nicht weiß, ob er vor Schmerzen, Wut oder Verzweiflung ausgestoßen wird. Aber der Schrei kam ganz sicher von einem Menschen.

Schließlich nimmt die Rolltreppe doch noch ein Ende

und wir gelangen in einen langen, fensterlosen Flur, dessen Wände mit einem sich immer wieder wiederholenden Gemälde behangen sind. Die Gemälde unterscheiden sich nur in Details voneinander. Das Gesicht auf dem Bild sieht anfangs noch glücklich aus, aber nachdem ich es das hundertste Mal gesehen habe, scheint es eher sehr unglücklich zu sein. Es ist das Gesicht eines unscheinbaren Mannes mit Cowboyhut, der einen roten Strickpullover trägt. Am Ende des Flurs hat er alles Glück in seinen Augen verloren und wir treffen auf eine Tür. Mit großer Erleichterung stellen Paul und ich fest, dass der Flur mit den Gemälden in die Eingangshalle des alten Hauses auf dem Berg mündet. Der Zug hat uns tatsächlich in die reale Welt zurückgeführt.

Mit einem Fuß stehe ich noch im Flur und blicke skeptisch durch die Tür in die Halle hinein. Da schnappt sich Paul, der vor mir steht, plötzlich meine Hand, zieht mich in die Halle und hinter sich her die große Haupttreppe hinauf. Seine Hand ist ganz warm, meine ganz kalt. Mit dem Zeigefinger auf seinen Lippen macht er deutlich, dass es nun wichtig ist, leise zu sein.

„Hast du das auch gehört? Ich glaub Gustaf ist im Anmarsch!", flüstert er mir zu, während wir weiter nach oben laufen.

„Arghhh!", hallt es durchs Haus. So laut, dass das

Gebäude anfängt zu beben. Irgendwer schreit laut und verzweifelt. Vermutlich ist es Gustaf. Wer soll es auch sonst sein, es sind nicht so viele potenzielle Schreihälse zur Auswahl. Zumindest keine, von denen wir wissen. Dann ertönt wieder ein Schrei und wieder beben die Wände und wieder rieselt ein wenig Putz auf unsere Nasen. Das Schreien nimmt kein Ende. Immer und immer wieder hallt ein Schrei durch die Flure des Hauses.

Das Schreien kommt immer näher. Gustaf tobt im Erdgeschoss umher und poltert schließlich durch die Eingangshalle. Er ist so laut, dass wir auch in der oberen Etage keinen Zweifel haben, dass er dort herumschreit. Jetzt verstehe ich, warum Paul mich die Treppe nach oben gezogen hat und wir die Halle so schnell wie möglich wieder verlassen haben. Wir können Gustaf nicht einschätzen. Wer weiß, was passieren würde, wenn er uns in der Eingangshalle sieht.

„Das war knapp", sagt Paul zu mir, als wir in der oberen Etage in einem Seitenflur angekommen sind, in dem uns Gustaf von unten aus ganz sicher nicht sehen kann. Dort gönnen wir uns eine kurze Pause.

„Gustaf klingt, als würde er durchdrehen", sage ich. „Ob er bemerkt hat, dass wir hier herumspionieren?"

„Möglich. Aber wer weiß schon, was in seinem Kopf vorgeht. Ich meine, er lebt hier seit Jahren allein auf dem Berg, ist eine Art Magier und hat schon viel Mist erlebt.

Da würde ich auch durchdrehen."

„Oder er ist wütend, weil er bemerkt hat, dass zwei Fremde in sein Haus eingebrochen sind. Das würde mich jedenfalls wütend machen."

„Du meintest doch vorhin, dass es eine Galerie gibt, von der aus du Gustaf gut beobachten konntest?"

„Ja, aber da war er auch in dem Saal, wo das Modell der Stadt steht. Jetzt wütet er durch die Eingangshalle."

„Aber wenn ihn dieses Modell so fasziniert, kommt er dort vielleicht gleich wieder zurück und wir können ihn belauschen."

„Einen Versuch ist es wert."

Ich habe zwar die besseren Ortskenntnisse, muss mich aber trotzdem kurz orientieren. Dann machen wir uns auf den Weg zur Galerie und ich gehe auf Zehenspitzen voraus in den uns bekannten Flur. Ich denke, dass wir herausfinden können, warum Gustaf so verzweifelt ist.

„Hier ist die Tür zu dem Zimmer, wo wir uns vorhin getroffen haben", sagt Paul, während wir daran vorbeischleichen.

Da sind wir wieder! Auf der Galerie angelangt, fällt uns auf, dass es viel stiller geworden ist. Gustaf schreit nun nicht mehr, zumindest, soweit wir das beurteilen können. Wir blicken über die Brüstung hinunter in den Saal. Tatsächlich steht dort ein schweigender Gustaf. Er steht neben dem Tisch mit der Modellstadt. Ganz ruhig, als hätte er nie einen Ton gesagt. Dann streckt er sich und fängt an, mit einer erhabenen Stimme zu sprechen. Scheinbar mit den Modellfiguren, denn ansonsten ist niemand da unten zu sehen.

„Wozu soll ich weitermachen? Wozu? Wozu frage ich euch? Weil ihr mich kennt. Kennt ihr mich nicht?"

Stille! Auch Gustaf kann die Menschen in der Modellstadt wohl kaum hören, ohne dass er ihnen ein Megafon gibt. Er schweigt also nicht, um auf eine Antwort von ihnen zu warten. Es ist wohl eher ein Mittel zum Spannungsaufbau.

„Wie weit bin ich gekommen? Ich habe gemacht und getan, aber was war das für ein Plan? Ich wollte Leben schaffen. Nein, nicht nur Leben, sondern ihr Leben. Mein Leben! Wie weit bin ich gegangen? Wie weit bin ich gekommen? Ich unterhalte mich mit einer Modellstadt. Ich werde uns allen ein Ende machen. Ein Ende, das wir alle ganz einfach verdienen. Was mein Zauber gegeben hat, kann er auch wieder nehmen. Ein Ende ist immer gut!"

Das sind Gustafs letzte Worte, bevor er einen unverständlichen Zauberspruch in die Umgebung murmelt. Er greift in seine Hosentaschen und verstreut ein magisches Pulver, um sich herum und überhaupt überall. Es verteilt sich im ganzen Raum und ein bisschen was davon fliegt auch in die aufflackernden Flammen des Kamins. Daraufhin wächst aus dem Feuer ein magischer Faden. Langsam wandert der Faden durch die Luft hinauf zur Empore, zu mir und Paul. Schließlich schlingt sich der magischen Faden um mich und ich spüre, wie er sich immer enger um meinen Hals zieht. Mein Atem stockt.

Mit zugeschnürter Kehle starre ich zu Paul, aber er sieht mich nicht, denn er starrt wie gebannt nach unten in den Saal. Ich taumle zurück und dann plötzlich löst sich der Faden, der mir gerade noch die Luft abgeschnürt hat, wieder in Luft auf. Erleichtert atme ich tief durch. Wovon war Paul so fasziniert, dass er unaufhörlich nach unten auf Gustaf und die Modellstadt starrt? Warum starrt er lieber nach unten, als mir zu helfen?

Ich lehne mich wieder über das Geländer und entdecke, dass sich ein riesiger Strudel, ein Wirbelsturm, in der Mitte der Modellstadt gebildet hat. Ein Wirbelsturm, der immer weitere Kreise zieht und sich unaufhörlich vergrößert. Ich sehe, wie einige der kleinen Menschen von dem Strudel durch die Luft gewirbelt werden und kann nicht länger still herumstehen und zuschauen. Ich rase mit Paul im Schlepptau die Treppe ins Erdgeschoss hinunter und wir stürmen in den großen Saal.

Mit vor Entsetzen weit aufgerissenen Augen starrt Gustaf in unsere Richtung.

„Was macht ihr hier? Verschwindet! Ihr sollt leben! Leben!"

Immer wieder ruft er „Leben". Es ist so, als hätte er nichts anderes mehr zu sagen. Er stürzt auf uns zu, um seine Botschaft noch deutlicher zu machen. Aber dann geht alles ganz schnell. Immer schneller und schneller verschwindet immer mehr und mehr im Strudel. Der in der Mitte vor sich hin wütende Wirbelsturm wird größer und stärker und zieht auch Gustaf zu sich, der sich daraufhin nicht mehr vorwärtsbewegen und zum Schluss auch nicht mehr auf den Beinen halten kann. Allmählich droht alles, was sich im Saal befindet, vom Sturm verschlungen zu werden.

Es wird Zeit, dass wir uns in Sicherheit bringen. Für eine Rettung der Modellstadt scheint es bereits zu spät zu sein. Auf dem Tisch liegen nur noch Trümmerhaufen und nirgendwo ist mehr eine der kleinen Figuren zu sehen. Sind sie bereits alle von dem Wirbelsturm aufgesogen worden? Ich suche aus der Entfernung die Reste der Stadt ab. Zwischen den Trümmern der Stadt taucht plötzlich ein Luftballon auf. Der Ballon wächst zu voller Größe und steigt nach oben auf. Es stellt sich heraus, dass es nicht nur ein Ballon war, sondern dass auch mehrere große Gondeln von ihm herabhängen.

Es ist eine Art Luftschiff, das zügig, aber sanft von der

Modellstadt abhebt. Dann stelle ich auf den zweiten Blick fest, dass das Luftschiff keine einfachen Gondeln mit sich führt, um die Flüchtlinge der Stadt zu transportieren. Unterhalb des Ballons hängen mehrere Häuser, die mit Tauen aneinandergebunden sind. Eines der Häuser ist sogar mitsamt dem Vorgarten nach oben gezogen worden. Am unteren Ende eines der Häuser ragt ein Propeller in die Luft und treibt das Luftschiff vorwärts. Die durch die Luft schwebenden Häuser schwanken in dem tobenden Sturm hin und her. Es bleibt zu hoffen, dass das Seil, an dem sie hängen, halten wird. Aber ihr Ziel steht fest. Sie fliegen zu uns.

Währenddessen wird es für Paul und mich immer schwieriger uns auf den Füßen zu halten. Im Saal ist ein schwerer Sturm aufgekommen und mehr und mehr Gegenstände werden von dem Strudel angezogen und von ihm verschlungen. Zuerst ein Buch, dann der Schallplattenspieler, der braune Ledersessel und nach und nach auch die Tapete. Selbst der Putz von der Wand findet kein Halten mehr. Der Wirbelsturm saugt alles in sich auf und scheint es nicht mehr loslassen zu wollen. Mein Blick fällt wieder auf Gustaf, der erneut mit einer Böe kämpft. Schließlich ergreift sie ihn und wirbelt ihn durch die Luft. In seinem Gesicht sehe ich keine Angst. Er sieht zufrieden aus. Mit einem von Grinsen verhangenen Gesicht ruft er uns zu: „Rennt und lauft ihr Schnecken!" Seine letzten

Worte rauschen mehr, als dass sie klingen. Dann macht es nur noch kurz plopp und Gustaf ist im Wirbelsturm verschwunden.

„Uns wird es bald genauso gehen, wenn wir nicht sofort von hier verschwinden", ruft Paul mir zu.

Aber wohin? Wir blicken uns um. Was ist der schnellste Weg nach draußen? Ganz klar: Der schnellste Weg nach draußen führt durch eines der Fenster. Paul rennt zu einem, ich zu einem anderen Fenster. Ich versuche es zu öffnen, aber nichts tut sich. Es bleibt verschlossen. Paul winkt mich zu sich hinüber, er scheint mehr Glück zu haben. Während ich zu ihm hinüberrenne, streckt er bereits sein erstes Bein durchs Fenster nach draußen und hält mir eine Hand hin, um mir beim Ausstieg zu helfen. Gerade will ich seine Hand greifen, da fällt mein Blick noch einmal auf das Luftschiff mit den Flüchtlingen aus der Modellstadt.

Es hat Kurs auf das Fenster genommen, aus dem auch ich nun dem magischen Strudel entkommen will. Aber kurz bevor es das Fenster erreicht, wird es von dem Strudel erfasst, mitgezogen und verschwindet stumm in einer Staubwolke. Es löst sich in Luft auf. Ich starre entsetzt auf das, was nicht mehr da ist: Das Luftschiff.

Dann taucht es wieder auf. Als würde der Rückwärtsmechanismus wieder einsetzen. Das Luftschiff und die Besatzung werden wieder in der Zeit zurückgespult. Es ist unglaublich! Der Rückwärtsmechanismus, dieser Fehler, dieser Tick! Er rettet ihnen das Leben. Mit voller Fahrt schafft es das Luftschiff die letzten Meter zu mir hinüber. Ich greife zu und packe mir das Luftschiff, bevor der Wirbelsturm es erneut aufsaugen kann. Dann klettere ich mit ihm aus dem Fenster. Paul hilft mir und nimmt das erschütterte Luftschiff samt Mannschaft entgegen.

Wir sind nun wieder im Freien und an der frischen Luft. Ich atme tief ein. Die Luft ist klar und am Himmel leuchtet ein sanfter Mond. Hinter uns steht ein bebendes Haus und in der Ferne leuchtet die Stadt. Ich stehe einfach nur da draußen in der Dunkelheit und bemerke plötzlich, wie müde meine Beine sind. Ich würde mich am liebsten direkt auf den Boden legen, aber ich folge Paul zu einem von Moos übersäten Felsen in einiger Entfernung. Ich sinke müde auf den Felsen und Paul setzt das Luftschiff, das er mitgenommen hat, auf dem stämmigen Ast eines Baumes direkt neben uns ab.

„Wir werden eine Baumhausmacht gründen", scheinen die zuversichtlich erhobenen Fäuste der Miniaturmenschen zu sagen. Auch ein Plakat haben sie in Windeseile demonstrativ über die Überreste ihrer Häuser gehängt: „Der große G ist tot und wir sind frei".

Ihre genauen Absichten sind für uns unverständlich. Was sie wirklich sagen, können wir nicht verstehen, denn der Trichter des Grammofons ist im Wirbelsturm verloren gegangen. Aber ihr jubelndes Verhalten lässt uns vermuten, dass sie mit dem Ausgang der Situation mehr als zufrieden sind.

Paul und ich sitzen nebeneinander auf dem Felsen. Wir sitzen nur wenige Zentimeter voneinander entfernt. Wir blicken dorthin, wo sich das alte Haus langsam auflöst. Ein Sturm tobt und gerade als ich mich frage, ob wir hier in Sicherheit sind, ertönt ein Donnerschlag und es herrschte Windstille. Das Haus ist verschwunden. Auch kein magischer Strudel oder Wirbelsturm ist mehr zu sehen. Es herrscht Stille. Dort, wo das Haus stand, kann man nur noch Erde und ein paar Steine sehen.

So sitzen wir nun in aller Stille auf dem Berg und hinter uns liegt die Stadt. Ich sitze einfach nur da und spüre, wie sein Bein mein Bein berührt. Und dann bemerke ich, wie seine Hand meine berührt.

Annie Tonkauz wuchs im Ruhrgebiet auf und lebt heute in Münster. Wenn sie nicht gerade daran arbeitet ihren Balkon in einen Dschungel  zu verwandeln, taucht sie in Gedanken gerne in eine Fantasiewelt ab. Deshalb geht sie im Urlaub auch am liebsten Schnorcheln. Denn dann kann man problemlos in einer zauberhaften Unterwasserwelt versinken. Beim Schreiben erhält sie Unterstützung von ihren beiden Katzen, die gebannt jede Bewegung auf dem Bildschirm mitverfolgen.